宋词博物课

手│绘│图│鉴│版

植物卷

邢欣 编著

·北京·

图书在版编目（CIP）数据

宋词博物课：手绘图鉴版 . 植物卷 / 邢欣编著 . 北京：中国经济出版社，2025.2.（2025.9 重印）— ISBN 978-7-5136-7878-0

Ⅰ . I207.23

中国国家版本馆 CIP 数据核字第 2024PQ2083 号

策划编辑	龚风光　张娟娟
责任编辑	张娟娟
责任印制	李　伟
封面设计	仙　境

出版发行	中国经济出版社
印 刷 者	三河市嘉科万达彩色印刷有限公司
经 销 者	各地新华书店
开　　本	787mm×1092mm　1/16
印　　张	9
字　　数	101 千字
版　　次	2025 年 2 月第 1 版
印　　次	2025 年 9 月第 2 次
定　　价	158.00 元（全三卷）

广告经营许可证　京西工商广字第 8179 号

中国经济出版社 网址 www.economyph.com 社址 北京市东城区安定门外大街 58 号 邮编 100011
本版图书如存在印装质量问题，请与本社销售中心联系调换（联系电话：010-57512564）

版权所有　盗版必究（举报电话：010-57512600）
国家版权局反盗版举报中心（举报电话：12390）　　服务热线：010-57512564

醉美宋词，只愿沉醉不复醒

唐诗若牡丹、芍药，繁彩浓华；宋词若秋菊、寒梅，幽韵冷香。与唐诗的浪漫相比，宋词多了几分真情实感的流露，多了几分遣词造句的唯美。

词，最初是配合宴乐而作的歌词，词中自有曲，自有音乐相随。因此，便有"词曲不相离"之说。后来，词逐渐脱离音乐而"自成一派"，成为一种韵律优美的长短句诗体。虽句子长短各异，对韵律格调的要求却极其严格。因此，词人们在遣词造句时，便需在严谨的格式中驾驭文字，在毫厘之间将才华诉诸笔端。即使面对相同的词牌，随词人性格的不同，所展现出的词作也各有千秋，境界高低便迥然不同。

宋词，在我国文学史上有着极高的地位。国学大师陈寅恪先生如是说："华夏民族之文化，历数千载之演进，造极于赵宋之世。"

一篇篇宋词佳作，即使历经千年之久，依然妙不可言。

在宋词的字里行间，即使是出现在大自然中的寻常之物，也在独特的韵律与节奏中，被词人赋予真情实感，有了自己的特定意象。长短句自如地切换之间，不仅有极具灵性的草木江湖、动物世界，还有令人目不暇接的山川风物、千奇百怪的世事风俗……

通过阅读《宋词博物课（手绘图鉴版）》这套书，每一位小读者都能从词句中认识并了解关于植物、动物、山川风物的科普知识，体会科学的魅力。

更难得的是，每一首词（部分为节选），我们都对疑难之处进行注释，配有译文，用简洁的语言进行科普，还拓展了相关知识。

如柳永在《雨霖铃·寒蝉凄切》中写道"寒蝉凄切，对长亭晚"，书中除了对寒蝉与夏蝉进行区分，你还将看到为什么有成语"噤若寒蝉"；通过解读苏轼的《念奴娇·赤壁怀古》一词，你会惊讶地发现，中国竟然有"文赤壁""武赤壁"两处赤壁，真正发生赤壁之战的地方，位于湖北省赤壁市，而并非黄州赤壁……

除了对文字字斟句酌，我们还精心选取与宋词意境相契合的山水花鸟画，当别出心裁的版式设计将图片与文字完美融合，你将跨越时间的长度与空间的厚度，徜徉在深情的宋词世界。

——谨以此书献给每一个喜欢宋词的孩子

目 录

第一篇　芳草篇

芭蕉　叶叶心心，舒卷有余情 —— 002

百合　永日向人妍 —— 005

苎麻　白纻春衫杨柳鞭 —— 006

香蒲　无数菰蒲间藕花 —— 008

藜　杖藜徐步转斜阳 —— 011

白芷　白纸书难足 —— 012

茜草　香远茜裙归 —— 015

掌叶大黄　只爱大黄甘草贱 —— 016

荻　怕荻花枫叶俱凄怨 —— 019

青蒿　风来蒿艾气如薰 —— 020

浮萍　破青萍，排翠藻 —— 023

菖蒲　春老菖蒲花未著 —— 024

红蓼　粉轻红袅一生娇 —— 027

芡实　盘里明珠芡实香 —— 028

莎草　平莎茸嫩，垂杨金浅 —— 031

黄精　白云深处黄精盛 —— 032

艳山姜　豆蔻梢头莫漫夸 —— 035

第二篇　秀木篇

茶　闲中一盏建溪茶 —————— 039

银杏　玉骨冰肌未肯枯 —————— 040

梧桐　梧桐应恨夜来霜 —————— 043

紫玉兰　东风卷尽辛夷雪 —————— 044

合欢　青棠合欢之花 —————— 047

木棉　木棉花映丛祠小 —————— 048

牡荆　叹官闲昼永，柴荆添睡 —— 051

女贞　山矾风味木樨魂 —————— 052

使君子　使君子细与平章 ———— 055

杏　红杏枝头春意闹 —————— 056

梓树　谁富贵、归桑梓 ————— 059

第三篇　繁花篇

牡丹　关心只为牡丹红 —————— 062

莲　误入藕花深处 —————— 065

春兰　秋菊堪餐，春兰可佩 —————— 066

菊花　帘卷西风，人比黄花瘦 —————— 069

黄木香　袅袅垂香带月 —————— 070

黄葵　人人尽道黄葵淡 —————— 073

栀子　荔子才丹栀子白 —————— 074

虞美人　当年得意如芳草 —————— 077

玉簪　只疑标韵是江梅 —————— 078

蜀葵　戎葵凝笑墙东 —————— 081

芍药　一栏红药，倚风含露 —————— 082

含笑花　向人无语长含笑 —————— 085

紫丁香　琉璃叶下琼葩吐 —————— 086

海棠花　却道海棠依旧 —————— 089

油桐花　拆桐花烂漫 —————— 090

碧桃　碧桃天上栽和露 —————— 093

桂花　碧梧初出，桂花才吐 —————— 094

牵牛花　竹引牵牛花满街 —————— 097

第四篇　嘉果篇

- 葡萄　　高楼下、蒲萄深碧 ——— 100
- 荔枝　　晚岁监州闻荔枝 ——— 103
- 枇杷　　相扶入东园，枇杷熟 ——— 104
- 橘子　　东风吹尽江梅。橘花开 ——— 107
- 樱桃　　红了樱桃，绿了芭蕉 ——— 108
- 石榴　　只有榴花、全不怨东风 ——— 111
- 枣　　　枣花金钏出纤纤 ——— 112

第五篇　清蔬篇

- 竹笋　　墙根新笋看成竹 ——— 116
- 黄瓜　　牛衣古柳卖黄瓜 ——— 119
- 韭菜　　草草留君剪韭 ——— 120
- 蔓菁　　春色属芜菁 ——— 123
- 葫芦　　葫芦却缠葫芦倒 ——— 124
- 葱　　　更着同蒿葱韭 ——— 127
- 荠　　　春入平原荠菜花 ——— 128
- 茴香　　犹未回乡曲 ——— 131
- 白菜　　自种畦中白菜 ——— 132

第一篇

芳草篇

芭蕉 叶叶心心，舒卷有余情

添字丑奴儿① · 窗前谁种芭蕉树

[南宋] 李清照

窗前谁种芭蕉树，阴②满中庭③。
阴满中庭，叶叶心心④，舒卷有余情。

注释

①添字丑奴儿：词牌名。又作《添字采桑子》。
②阴：浓荫。
③中庭：庭院里。
④叶叶心心：叶片与叶心。

译文

窗前不知是谁种下的芭蕉树，树影浓荫遮蔽了整个庭院。蕉叶舒展，蕉心卷曲，仿佛脉脉含情。

芭蕉为多年生草本植物，植株高 2.5～4 米，鲜绿色的长圆形叶片巨大。巨大的芭蕉叶片从"茎"的顶端舒展开来，很容易在地面形成浓荫。看似从"茎"顶端丛生的叶片，实际都是从地底下生长而出。新生的芭蕉叶叶柄基部的叶鞘宛如圆筒般，向上生长延伸，好似树干的"茎"便由此形成。一旦芭蕉叶枯萎，其叶鞘便慢慢纤维化，"全力"支撑芭蕉"结实"的身躯，它真正的茎却藏在地底下。芭蕉花序硕大，或红褐色或紫色苞片层层叠叠，十分醒目。苞片里就藏着真正的芭蕉花。在古人眼中，芭蕉象征离愁别绪，还将聆听雨打芭蕉当作雅事。

芭蕉叶的奇妙功用

热带、亚热带地区常见的芭蕉，不但能结出甘甜的芭蕉，其宽阔、巨大的芭蕉叶也为人们的生活提供了便利。在印度，芭蕉叶是非常流行的餐具，可用来盛装咖喱、米饭和糕点等。在菲律宾及我国部分南方地区，芭蕉叶则用来包粽子、烤鱼等。在非洲部分地区，芭蕉叶还是随处可取的建筑材料，被用以制作屋顶和墙壁。此外，芭蕉叶还可以用来医治疾病，对烧伤、烫伤也有着不错的效用。

名　　称：芭蕉
花　　期：6—7月
果　　期：9—10月
别　　名：板蕉、天苴、甘蕉等
分布地区：中国、日本、韩国等

名　　称：百合
花　　期：5—6月
果　　期：9—10月
别　　名：山丹、倒仙等
分布地区：亚洲、欧洲、北美洲等

百合名字的由来

　　百合被人们赋予了百年好合的美好寓意，在婚礼上常常可以见到它。但"百合"这个名字其实指的并不是它的花，而是它的鳞茎。其鳞茎形似上百片白色的鳞瓣聚合层抱在一起，状似白莲，百合的名字因此而来。换句话说，如果要祝新人百年好合的话，也许应该送他们百合的鳞茎。

生查子①·同前夏日即事

［北宋］晁补之

永日②向人妍，百合忘忧草。
午枕③梦初回，远柳蝉声杳。

 注 释

①生查子：词牌名。
②永日：整天。
③午枕：午睡的枕头，此处指午睡。

译 文

　　每一天都在向人吐露芳菲，展现自己的美好，这就是纯洁无忧的百合。
　　午睡醒来，却仿佛还沉浸在梦境中，远处柳林深处传来的蝉鸣缥缈杳远。

百合 永日向人妍

　　自古以来，百合便以花大、色艳、味香受到大家的喜爱，并被赋予"云裳仙子"之美誉。百合品种各异，世界范围内的百合达 80 多种，中国占 39 种之多。美丽芬芳的百合花或洁白无瑕，或橙黄如金，或粉嫩可爱……亭亭玉立的百合，地下茎由许多肉质鳞瓣抱合成球形，茎秆上部的硕大花朵宛如喇叭，散发出阵阵幽香。在古代文学作品中，百合是对所有百合属植物的通称，但在植物学上，百合只是百合属野百合的一个变种。野百合花为乳白色，外侧带些许紫色，有"淡紫百合"之称。百合喜欢生长于山沟、草丛等半阴环境中，对土壤没有严格要求，但在疏松、肥沃的砂质土中长势良好。

苎麻

白纻春衫杨柳鞭

浣溪沙·白纻春衫杨柳鞭

[北宋]晏幾道

白纻^①（zhù）春衫杨柳鞭。碧蹄骄马杏花韀^②（jiān）。落英^③飞絮冶游天。
南陌暖风吹舞榭^④，东城凉月照歌筵。赏心多是酒中仙。

① 纻：苎麻。
② 杏花韀：绣着杏花图案的马韀。韀，衬托马鞍的垫子。
③ 落英：落花。
④ 舞榭：指歌舞楼台。

译文

　　春暖花开之时，我身着轻薄的春衫，骑上套有绣着杏花图案的马韀的碧蹄骏马，以杨柳枝为鞭，尽显风流。时值暮春，落英缤纷，飞絮漫天，正是出游的好时节。

　　去城南的舞榭赏舞，暖风只吹得人欲醉。再到东城的歌筵上听曲，冷月清光，沁人心脾。最合心意的还是畅饮美酒，恍然间，仿佛已入仙境。

　　苎麻植株挺直，高可达1.5米左右，互生的叶片或呈圆卵形，或呈宽卵形，顶端渐尖，正面粗糙，背面覆白色毡毛。苎麻腋生圆锥花序，同一植株上，或全为雌花，或上部为雌花，下部为雄花。雄花呈狭椭圆形，顶端尖，有稀疏柔毛；雌花花被椭圆，顶端生小齿。花期过后，光滑的瘦果近似于圆球形。在我国古代，苎麻为最重要的纤维作物，历史悠久。浙江钱山漾遗址出土的苎麻布，距今已有4700多年。苎麻纤维长，拉力强，吸湿散发快，有"轻如蝉翼、薄如宣纸"之说，历朝历代被作为贡布，深受皇族喜爱。我国苎麻产量占世界的90%以上，因此国际上称其为"中国草"。

历史悠久的"中国草"

　　苎麻是人类最早利用的麻类植物,早在新石器时代,我国就已有种植。而诗词中常常能见到的意象"桑麻"指的就是桑树与苎麻。在棉花传入中国之前,苎麻是古代重要的纤维作物之一。现今世界各地的苎麻大多由我国直接或间接引入,因而苎麻有"中国草"之称。

名　　称:苎麻
花　　期:9月
果　　期:10月
别　　名:野苎麻、中国草等
分布地区:中国、越南等

香蒲 无数菰蒲间藕花

渔父词·无数菰蒲间藕花

［南宋］赵构

无数菰（gū）蒲^①间^②藕花。棹歌^③轻举酌流霞。随家好，转山斜。也有孤村三两家。

注释

①蒲：一种水生植物，即香蒲。
②间：夹杂。
③棹歌：行船时唱的歌。

译文

在无数的菰花与香蒲中，朵朵荷花点缀其间。一条小船在这片水面上缓缓行进，船家一边唱着船歌，轻荡双桨，一边饮酒，船桨举起落下仿佛是在问候流霞。

归家的小船顺着水流慢慢转过山脚，映到眼前的是只有两三户人家的孤村。

香蒲为多年生水生或沼生草本植物，植株俊秀挺拔，高1.3～2米。白色根状茎长而横生，结节处须根丛生；地上直立茎呈圆柱形，十分粗壮。香蒲条形叶片苍翠欲滴，极具风骨。顶生的黄绿色穗状花序，黄色雄花序在上，雌花序在下，看上去既像一根蜡烛，又像小猫尾巴，很是有趣。香蒲常生长在池塘沼泽、湖泊沟田等潮湿之地，有净化水质的功效。香蒲有着极高的经济价值，刚萌发的嫩茎叶香甜爽口，可作蔬菜食用；花粉入药后，称为"蒲黄"，有散结止痛、止血等功效；香蒲叶片细长柔韧，可用来编织蒲团、蒲席等日常用品，古代诸侯用于祭祀的坐席，就是用蒲草编织而成的。

名　　称：香蒲
花 果 期：5—8月
别　　名：东方香蒲、蒲草等
分布地区：中国、日本等

香蒲还能做鞭子？

在古代，香蒲备受文人推崇，在中华传统文化中有着较高的地位，还留下诸多典故，比如"蒲鞭示辱"。这个典故讲的是汉桓帝时期，刘宽任尚书令，他待人宽厚，部下或百姓犯错后，仅以香蒲叶制成的鞭子惩罚，以示告诫。此后，人们便以"蒲鞭示辱"来形容官吏宽厚。

名　　称：藜
花 果 期：5—10月
别　　名：胭脂菜、灰条菜等
分布地区：世界多地

藜做的杖真的结实吗？

在古代，藜常常被用来制作拐杖，但作为一种常见的野草，它真的足够结实吗？其实藜杖是用藜的老茎做的手杖，新鲜的藜可以长到近一人高，茎干直立粗壮，干燥老化后更为坚韧。古人取其老茎制杖，质轻而结实。

鹧鸪天[1]·林断山明竹隐墙

[北宋] 苏轼

林断山明竹隐墙,乱蝉衰草小池塘。翻空[2]白鸟时时见,照水红蕖[3]细细香。

村舍外,古城旁,杖藜[4]徐步转斜阳。殷勤昨夜三更雨,又得浮生一日凉。

注释

①鹧鸪天:词牌名,又名《思佳客》《醉梅花》等。
②翻空:飞翔在空中。
③红蕖(qú):荷花。
④杖藜:拄着藜杖。藜为草本植物,茎可作杖。

译文

　　远处树林的尽头,山峰清晰可见;近处翠竹丛生,掩映着院墙。院落旁有一方小池塘,池旁衰草摇曳,蝉声嘈杂。空中不时有白色的鸟儿飞过,池中荷花竞相绽放,散发出淡淡的清香。

　　在村舍外,古城墙的近旁,我手拄藜杖慢慢走,转眼已是黄昏。昨夜三更时分那场殷勤的雨水,为我这漂泊不定的人又带来了一日的清凉。

　　藜为一年生草本植物,多数为全株绿色,茎秆多分枝。菱状卵形叶片先端尖或微钝,边缘呈不整齐锯齿状。叶柄与叶片几乎等长。两性花簇生于枝条之上,排列成大小不一的圆锥状花序。当花期结束后,种子与果皮贴生,横生的种子呈双凸透镜状。藜生命力极强,在荒地、菜园、路边都能生长,要彻底清除它们并不容易。藜的嫩叶有一定的食用价值,甚至还有清热去火、杀虫解毒等多种功效。不过,它也是有毒植物,如果将其嫩苗做野菜食用,会有浮肿、麻木、溃烂等症状。

藜　杖藜徐步转斜阳

白芷

白纸书难足

生查子·药名闺情

［北宋］陈亚

相思①意已②深，白纸③书难足。
字字苦参商④，故要檀郎读⑤。

①相思：中药名，即相思子。
②意已：谐中药名薏苡（yì yǐ）。
③白纸：信笺，又谐中药名白芷。
④苦参商：比喻夫妻别离。参，中药名。
⑤檀郎读：也作"槟郎读"。

  自从与夫君离别后，我对你的思念之情愈发深厚，这短短的信笺实难写尽。

  信中的字字句句都饱含着我的相思之苦，所以希望夫君你仔细阅读，以明白我的情意。

  白芷为多年生草本植物，植株高大，可达 2.5 米左右。顶生或侧生复伞形花序，花朵并不浓艳，开白色微黄小花，宛若撑开的把把小伞，显得优雅清丽，令人爱怜。花期结束后，便结出卵圆形果实。白芷圆锥形根呈灰棕色，皮孔横向突起，将根采集晒干后，气味芳香，不仅可入药，有止痛、活血、除湿、排脓、通窍等功效，还能作为香料。白芷历史悠久，早在《神农本草经》中便将其列为中品。其种类繁多，有川白芷、杭白芷、兴安白芷等。最初，白芷为野生，但明清时，人工种植白芷的规模不断扩大，在四川、浙江等地，白芷产量巨大。

白芷——屈原钟爱的"香草美人"

作为"香草美人"意象的开创者,屈原非常喜爱白芷,赞它"兰茝(chǎi)幽而独芳",并以白芷象征自己高洁的品质。此外,在《离骚》《九歌》中都可见到他关于白芷的记载。荀子言:"芷兰生于深林,非以无人而不芳。"可见,白芷正是屈原一生的真实写照。

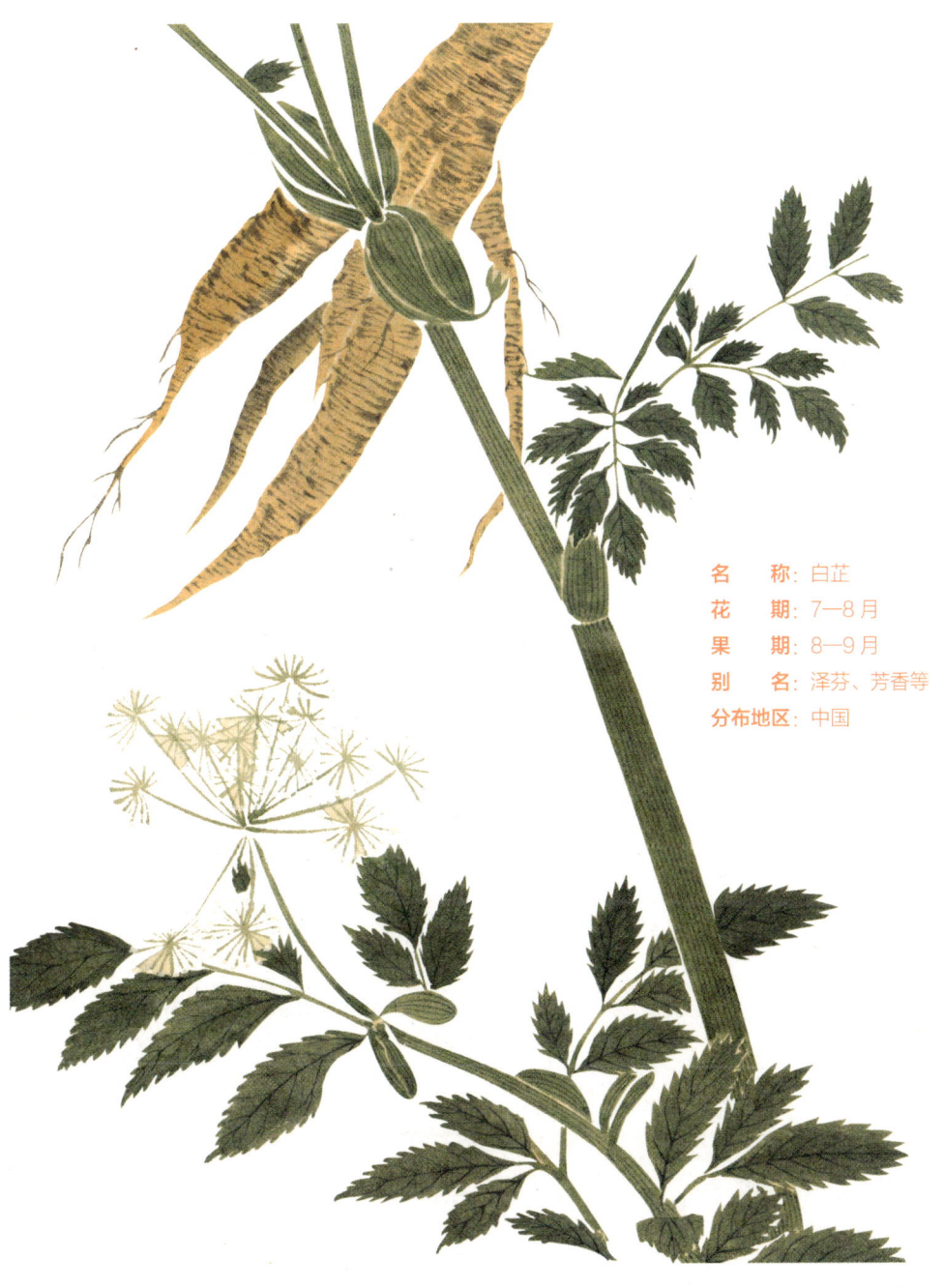

名　　称:白芷
花　　期:7—8月
果　　期:8—9月
别　　名:泽芬、芳香等
分布地区:中国

茜——古人专为茜草造的字

"茜"最早见于《说文解字》:"茜,茅蒐也。"茜的本义就是茜草,是古人为了记录这株小草而特意造出来的字。事实上,茜草不仅是染料,还是一味重要的中药,其分布范围较广,易取又廉价,深受古代民众的喜爱。

名　　称:茜草
花　　期:8—9月
果　　期:10—11月
别　　名:血茜草、血见愁等
分布地区:中国、俄罗斯、朝鲜等

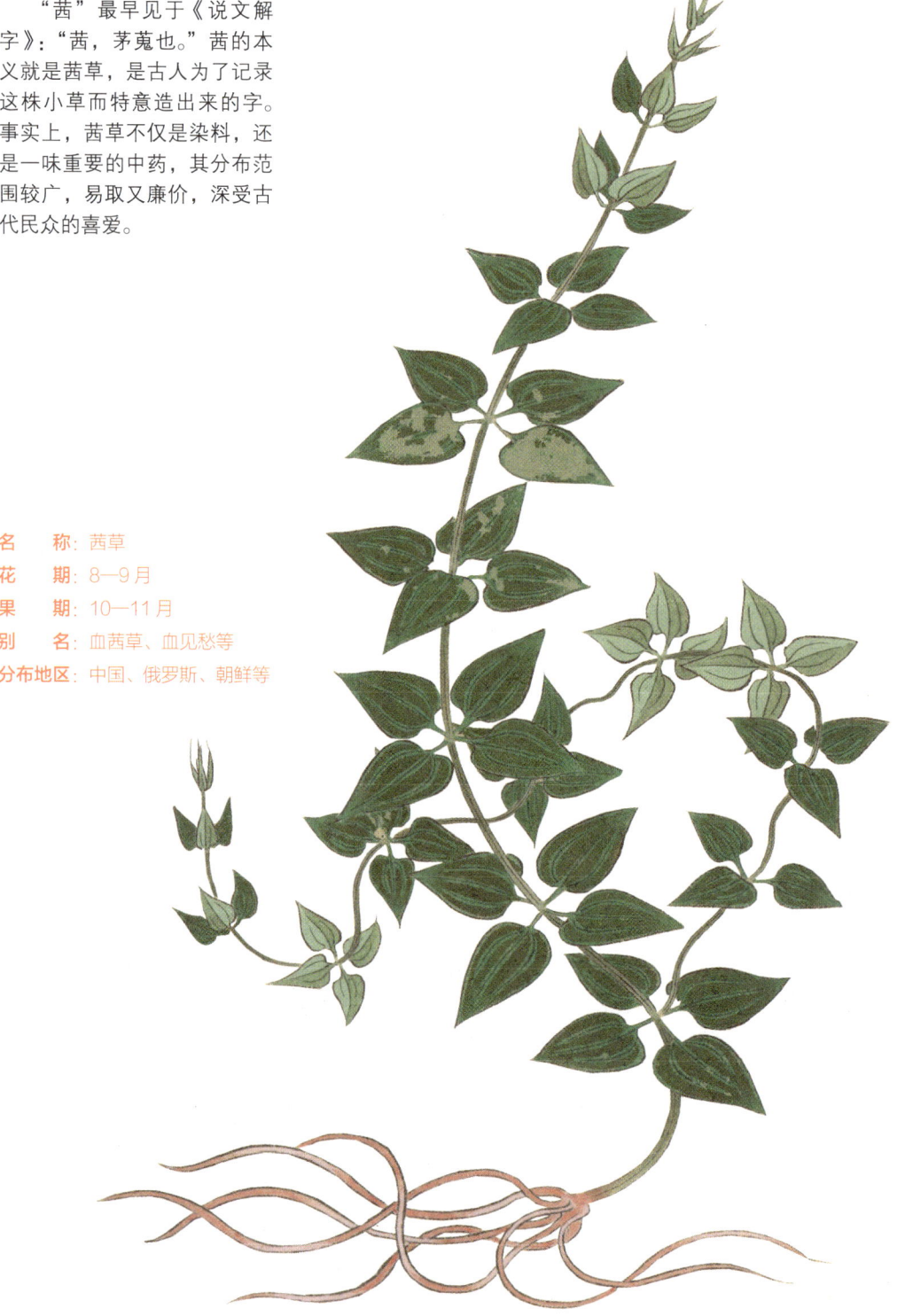

小重山令·赋潭州[①]红梅

[南宋] 姜夔

人绕湘[②]皋[③]（gāo）月坠时。斜横花树小，浸愁漪。一春幽事有谁知？东风冷，香远茜裙[④]归。

注释

①潭州：今湖南长沙。
②湘：湘江，流经湖南。
③皋：岸边。
④茜裙：用茜草染成的红色裙子。

译文

凉月西斜，我在湘江岸边独自徘徊。江畔花树横斜，小小的花枝浸入忧愁的涟漪之中。

有谁知道梅花一春的忧愁呢？寒冷的东风渐起，它将带着幽远的香气，穿着红色的裙子归来。

茜草 香远茜裙归

茜草在山野中十分常见，为多年生攀缘草本植物，四棱的主茎上有许多分枝，每一棱上都生有细小皮刺。茜草心形叶片轮生且两面粗糙，四片叶子像分别指向四个不同方向的箭头。细碎的小花呈聚伞状花序腋生或顶生，淡黄的花冠，橘黄色的裂片近似卵形。茜草在湿润、凉爽的环境中长势良好，喜肥沃湿润的土壤。茜草的根含有天然红色染料——茜素，所以早在商周时期，茜草就被作为主要的红色染料使用。因汉代以"红"为时尚，人们更是大规模种植茜草。在已出土的众多丝织品文物中，用茜草染色的织物占很大比重。

掌叶大黄 只爱大黄甘草贱

减字木兰花·世间药院

[北宋]陈瓘（Guàn）

世间药院①。只爱大黄②甘草贱③。
急急加工。更靠硫黄与鹿茸④。

注释

①药院：医馆。
②大黄：多年生草本植物，又名将军。
③贱：低贱，不值钱。
④鹿茸：未骨化而带茸毛的鹿角，为名贵中药材。

译文

这世间的医馆，只喜欢价格低廉的大黄和甘草。
想要快速见效，还需要加入硫黄与鹿茸。

　　掌叶大黄为多年生草本植物，茎秆直立，最高可达 2 米，葱绿高大，内部中空，心形叶片硕大，肉质长柄又粗又壮。大黄花梗纤细，花序顶生呈圆锥状，喜欢在草坡、山地、林缘等阴湿处生长。中药大黄多数为掌叶大黄的干燥根和根茎，有清热、泻火、解毒等功效。说到它"将军"的别名，由来十分有趣：大黄有极强的"泻下"能力，就像战无不胜的将军一样所向披靡，若是敢大量食用，它就让你"一泻到底"。在我国，大黄药用的历史悠久，早在西汉初年，它就作为重要的出口药材，远销欧洲。

名　　称：掌叶大黄
花　　期：6—7月
果　　期：7—8月
别　　名：葵叶大黄、北大黄等
分布地区：中国

大黄是毒药还是灵药？

　　作为在中国古代正史文献中频频出现的药材，大黄的药用历史可谓悠久。它上可医皇帝风寒，下可治百姓湿热。在唐代，它是珍贵的贡品。宋代时，医官们还用它来应对瘟疫。大黄显著的药效与低廉的价格让其成为众多药方中常见的一员。然而大黄本身具有一定的毒性，过量服用会引发恶心、呕吐、腹泻等不适症状。所以，尽管大黄的药用及食用价值被广泛认可，但使用时仍应慎重。

荻在古诗词里的出镜率为何如此高？

  荻在我国分布广泛，在湖泊、江河边常可见到它的身影。荻的花期在秋天，柔弱的紫色花儿于秋风中独自摇曳，显得纤弱又凄凉。很多诗人便以荻花作为表达离别、思乡、伤感之情的意象，用于诗词之中，如：白居易在《琵琶行》中有"浔阳江头夜送客，枫叶荻花秋瑟瑟"一句，透过荻花，开篇就让人感受到了秋天的寂寥萧索。

名　　称：荻
花 果 期：8—10月
别　　名：荻草、荻子、霸土剑
分布地区：中国、日本、朝鲜等

贺新郎·老去相如倦

[南宋]刘过

人道愁来须殢(tì)^①酒,无奈愁深酒浅。但托意焦琴^②纨扇。
莫鼓^③琵琶江上曲^④,怕荻花枫叶俱凄怨。

①殢:困扰,纠缠。
②焦琴:琴名,即焦尾琴。
③鼓:弹奏。
④琵琶江上曲:指白居易的诗《琵琶行》。

有人说,忧愁来临时应该沉醉于美酒之中,但奈何忧愁深重而薄酒无味。为了解忧只好弹奏几曲,摇几下绢扇。

不过,千万不要弹奏那曲《琵琶行》,我害怕惹得荻花、枫叶与我一同哀怨。

荻 怕荻花枫叶俱凄怨

荻为禾本科多年生草本植物。茎秆挺拔直立,高1~1.5米,节生细小柔毛,具匍匐根状茎。荻的叶片细长如剑,边缘呈锯齿状,与芦苇叶极其相似。在河滩、沼泽等潮湿之地,荻长势最为良好,秋天开紫色小花,其圆锥形花序呈伞房状舒展。因荻枝叶上都有白色纤毛着生,微风吹过,洁白的荻花便随风摇曳,历代文人墨客习惯赋予它凄清幽怨、不得志等消极之情。荻繁殖力极强,根状茎、种子等都能繁殖,因此它们常常形成大面积的草甸。荻芽刚破土而出时,与小笋类似,味道鲜美,营养丰富。

青蒿 风来蒿艾气如薰

浣溪沙·软草平莎过雨新

［北宋］苏轼

软草平莎①过雨新，轻沙走马路无尘。何时收拾耦耕身②？

日暖桑麻光似泼，风来蒿艾气如薰。使君元是④此中人。

注释

①莎：莎草。
②耦耕身：耦耕指两人各持一耜同耕，这里指回归田园。
③蒿艾：蒿草、艾草。
④元是：本是。

译文

　　一场春雨过后，柔软的青草与平整的莎草显得新绿如洗，骑马走在雨后的沙土路上也不会扬起浮尘。我什么时候才能从官场中抽出身来回归田园呢？

　　在温暖的春日下，农田里的桑麻闪耀着水泼般的光亮，一阵春风带来蒿草和艾草的浓郁香气。我虽然身为使君，但原本也是一位农夫啊。

　　蒿草为蒿属植物的统称，蒿草有细竹蒿草、小艾蒿、白背蒿草等多种，尤以青蒿最为常见。青蒿为一年生草本植物，茎单生，可达1.5米左右，茎叶无毛，头状花序近半球形，果长圆形。青蒿生命力极其顽强，无论是在山坡林地还是在河岸旷野，它都能生长繁殖，全国大部分地区均有分布。据《本草纲目》《神农本草经》记载，青蒿还可入药，有多种功效。因其味道强烈，古人也有采青蒿驱蚊的习惯。

名　　称：青蒿
花 果 期：6—9月
别　　名：香蒿、蒿子、草青蒿等
分布地区：中国、朝鲜、日本等

青蒿素是从青蒿内提取出来的吗？

　　青蒿素是当今世界治疗疟疾效果较好的药物之一。很多人以为它是从青蒿内提取出来的，但事实上青蒿并不含有青蒿素，用来提取青蒿素的是黄花蒿。之所以叫青蒿素，是因为在18世纪，日本学者注释《本草纲目》中药的拉丁文学名时，错把青蒿与黄花蒿混淆了，结果黄花蒿的学名成了青蒿。后世学者在研究时沿用此谬误，于是从黄花蒿中提取出来的物质被命名为青蒿素。

名　　称：浮萍
花 果 期：5—9月
别　　名：青萍、水浮萍、田萍等
分布地区：南北半球温暖地区

为何以浮萍来比喻人之聚散？

　　浮萍依靠垂在水中的须根获取养料，不过它们的须根都很短小，没有固着能力，所以浮萍只能在水面浮生，随流漂泊，聚散不定。古人观察到浮萍的漂动，觉得人与人的聚散正如浮萍那般聚散偶然，离合难测，便有了"萍水相逢"的说法。

水调歌头·盟鸥

[南宋]辛弃疾

破①青萍,排翠藻②,立苍苔。
窥鱼③笑汝痴计,不解④举吾杯。

注释

①破:破开。
②翠藻:绿藻。
③窥鱼:偷偷窥视水里的鱼儿。
④不解:不懂。

译文

那鸥鸟站在水边的青苔上,不时破开水面漂动的浮萍,拨动翠藻分开绿波。

原来它是在偷偷窥视水下的游鱼。可笑鸥鸟只知痴痴地盯着鱼儿,却不懂我举杯的情怀。

青萍的叶大多是对称生长的,其形状多为倒卵状椭圆形或近乎圆形,叶片长2~5毫米,宽2~3毫米。青萍的叶片表面有不明显的三脉,叶片两面呈绿色;青萍的根鞘无附属物,根尖处呈钝形。果实近乎陀螺状,种子有深纵脉纹。

青萍一般在夏季开花,花长在叶状体边缘,多为白色,一朵花只有针头大小,只有放在显微镜下,我们才能清楚地观察到青萍花的真面目。因此我们说,青萍是真正的有花植物,但在许多情况下,青萍很难开花。青萍的果实多为陀螺状,内含种子一粒。青萍的种子在一片青萍的叶状体边缘,会发出芽,成为新的浮萍。在池塘、湖边及水流缓慢的地方,经常能够看到青萍。因其总是漂浮在水面上,故又被称作"浮萍"。文天祥有诗"山河破碎风飘絮,身世浮沉雨打萍",他以"雨打萍"比喻自己的经历坎坷,就像雨中的青萍一样漂泊无依,时起时沉。

菖蒲 春老菖蒲花未著

相思引①·春老菖蒲花未著

［南宋］袁去华

春老菖蒲花未著②，路长鱼雁信难传。
无端风絮，飞到绣床③边。

注释

①相思引：词牌名，又名《定风波令》《玉交枝》等。
②著：附着。同"着"。
③绣床：装饰华丽的床。多指未出阁少女的床。

译文

　　春天快要过去了，菖蒲还没有开花。长路漫漫，就算是鱼、雁也难以将信传回去。
　　无端风起，将柳絮吹到我的绣床边。

　　菖蒲为多年生草本植物，根状茎粗壮，叶片细长如剑。早春时节，菖蒲便会长出肉穗状的淡黄花序，密密麻麻的花朵十分细微，从下而上渐次绽放。菖蒲一般生长于池塘、沼泽地等阴凉、潮湿的环境中。菖蒲全株有毒，人们一旦食用过量，便会产生幻觉，给身体带来损伤。不过，菖蒲四季苍翠，极富雅趣，自唐宋起，文人雅士都喜欢种植它。

名　　称：菖蒲
花　　期：6—9月
果　　期：8—10月
别　　名：白菖蒲、野菖蒲、藏菖蒲等
分布地区：中国、印度等

为什么菖蒲的叶片似剑？

菖蒲的叶片形状似剑，能减少水分蒸发。剑状的叶子也有助于菖蒲在水中"站立"，使其能更好地承受风雨。

名　　称：红蓼（liǎo）
花　　期：6—9月
果　　期：8—10月
别　　名：东方蓼、茏草等
分布地区：中国、朝鲜、日本等

红蓼的秋天意象

在古代文人眼中，常出现在秋水之畔的成片红蓼，总能与无边的秋色联系在一起。所以在许多古诗词中，红蓼是很常见的秋天意象，如白居易的"秋波红蓼水，夕照青芜岸"，范成大的"歙县门西见红蓼，此身曾在白鸥前"，秦观的"红蓼花繁，黄芦叶乱，夜深玉露初零"等。

虞美人·咏水荭花①

[南宋]张镃（Zī）

妆浓未试芙蓉脸。却扇凉犹浅。
粉轻红袅一生娇②。风外细香时伴③、湿云飘。

注释

①水荭花：红蓼。
②娇：美丽的样子。
③时伴：时而伴有。

译文

像尚未化妆的芙蓉面，却承受着微微的凉意。
它的粉色轻柔，红色袅袅，生来就是娇嫩的样子。微风吹过，花香隐约，在湿润的云中与细雨交织。

红蓼 粉轻红袅一生娇

红蓼茎秆粗大直立，为一年生草本植物。其叶片或呈宽卵形，或呈卵状披针形；总状花序为淡红色，像水稻穗一般，花朵紧密，微微下垂。在世界范围内，共有230多种蓼属植物，广泛分布于温暖湿润的山谷、河畔、路边等处。生命力顽强的红蓼植株高大，喜成片生长，极具观赏价值。每当红蓼花开，浓浓秋意便呼之欲出。红蓼的果实成熟后，还能入药，有活血、止痛、消积、利尿等多种功效。

芡实

盘里明珠芡实香

浣溪沙·小饮

［北宋］葛胜仲

盘里明珠芡实香。尊前堆雪脍丝①长。何妨羌管奏伊凉②。

翠葆重生无复日，白波不酹③（lèi）有如江。壁间醉墨④任淋浪。

注释

①脍丝：切细的鱼丝或肉丝。
②伊凉：曲调名。
③酹：将酒洒在地上以示祭奠。
④醉墨：趁着醉意挥毫泼墨。

译文

盘子里装着明珠般的、香喷喷的芡实，酒樽前堆着如雪的、长长的肉丝。为什么不用羌笛演奏一曲？

青翠的草木枯萎后就不会复活，酒樽里的酒好似江水翻涌，不要用来祭奠。趁着醉意在墙壁间挥毫泼墨，任墨汁肆意滴落。

芡实为一年生水生草本植物，叶有二型：初生叶沉水，无刺；次生叶浮水，两面有刺。宽大的浮水叶铺于水面，好似睡莲叶片。芡实花朵单生，紫红色的花朵开在水面上，最外层花瓣最大，越向内越小，直到最里层花瓣变成雄蕊。夏末秋初，芡实便结出不规则的圆球形果实。果皮外面长满锋利的小刺，顶端还有一个花萼形成的尖尖角，好似一张鸡嘴，因此，芡实果实又有"鸡头米"之称。芡实营养丰富，但因遍布硬刺，采摘时必须特别小心才能得到宛如珍珠的洁白芡实。

芡实和莲子有什么区别？

很多人都分不清芡实和莲子，这是因为它们不仅都是睡莲科植物的种子，还长得十分相似。不过，从外面看，未去皮的芡实是近红棕色的，而莲子是白色的；从里面看，芡实是实心的，而莲子里面长着绿色的莲心。

名　　称：芡实
花　　期：7—8月
果　　期：8—9月
别　　名：鸡头米、鸡头荷等
分布地区：中国、印度等

一身都是宝的莎(suō)草

农田里常见的杂草——莎草,其实全身都是宝。它的茎叶是牛、羊等植食性牲畜的重要饲料,叶子还可以用来编织席子、草帽、筐子等物品。莎草开出的花可以制作香囊,清香怡人。莎草的块茎具有很高的药用价值,是一味重要的中药。

名　　称：莎草
花　　期：5—8月
果　　期：7—11月
别　　名：莎随、山莎等
分布地区：中国、日本、印度等

水龙吟·春恨

[南宋] 陈亮

闹花①深处层楼，画帘半卷东风软。
春归翠陌②，平莎③茸嫩，垂杨金浅④。

注释

①闹花：形容繁花盛开的样子。
②翠陌：苍翠的田间小路。
③莎：莎草。
④金浅：指嫩柳的浅淡金黄色。

译文

繁花盛开的深处有座高楼，轻柔的东风从半卷的画帘吹入。

春天已经回来，田间小路又铺满绿色，初生的莎草纤细而柔软，垂柳生出淡金色的嫩枝条。

> 莎草
> 平莎茸嫩，垂杨金浅

莎草为多年生草本植物，植株挺拔细长，深绿色叶片质地坚硬。莎草的线形叶片常于叶柄顶端呈放射状伸展，形同一把撑开的伞骨。其穗状褐色花朵颜色暗淡，像一堆不规则的小疙瘩挤在一起。莎草匍匐茎细长，块茎膨大呈纺锤状，入药后称"香附子"，有解郁、理气、止痛等多种功效。在山谷、河边、灌木丛等潮湿处，莎草长势良好。在古代，它是编织蓑衣、草席等器物的好材料。

黄精

白云深处黄精盛

踏莎行·割断凡缘

[南宋] 张抡

割断凡缘①,心安神定。山中采药修身命②。青松林下茯苓③多,白云深处黄精盛。

注释

①凡缘:与世俗的缘分。
②修身命:指修身养性。
③茯苓:寄生于松树根上的干燥菌核。

译文

与尘世生活一刀两断,内心变得安适、坦然。我在深山中采集草药,修身养性。

青翠的松树下长着很多茯苓,白云凝聚的地方到处都是黄精。

黄精为多年生草本植物。它的根状茎呈圆柱状,节膨大,节间一头粗、一头细,粗的一头还有形如鸡头的短分枝,由这样的根状茎制成的中药材被称为鸡头黄精。黄精的肉质根茎含蛋白质、维生素等多种营养物质,无论生食,还是炖服都有补气养阴、健脾、润肺、益肾等功效。

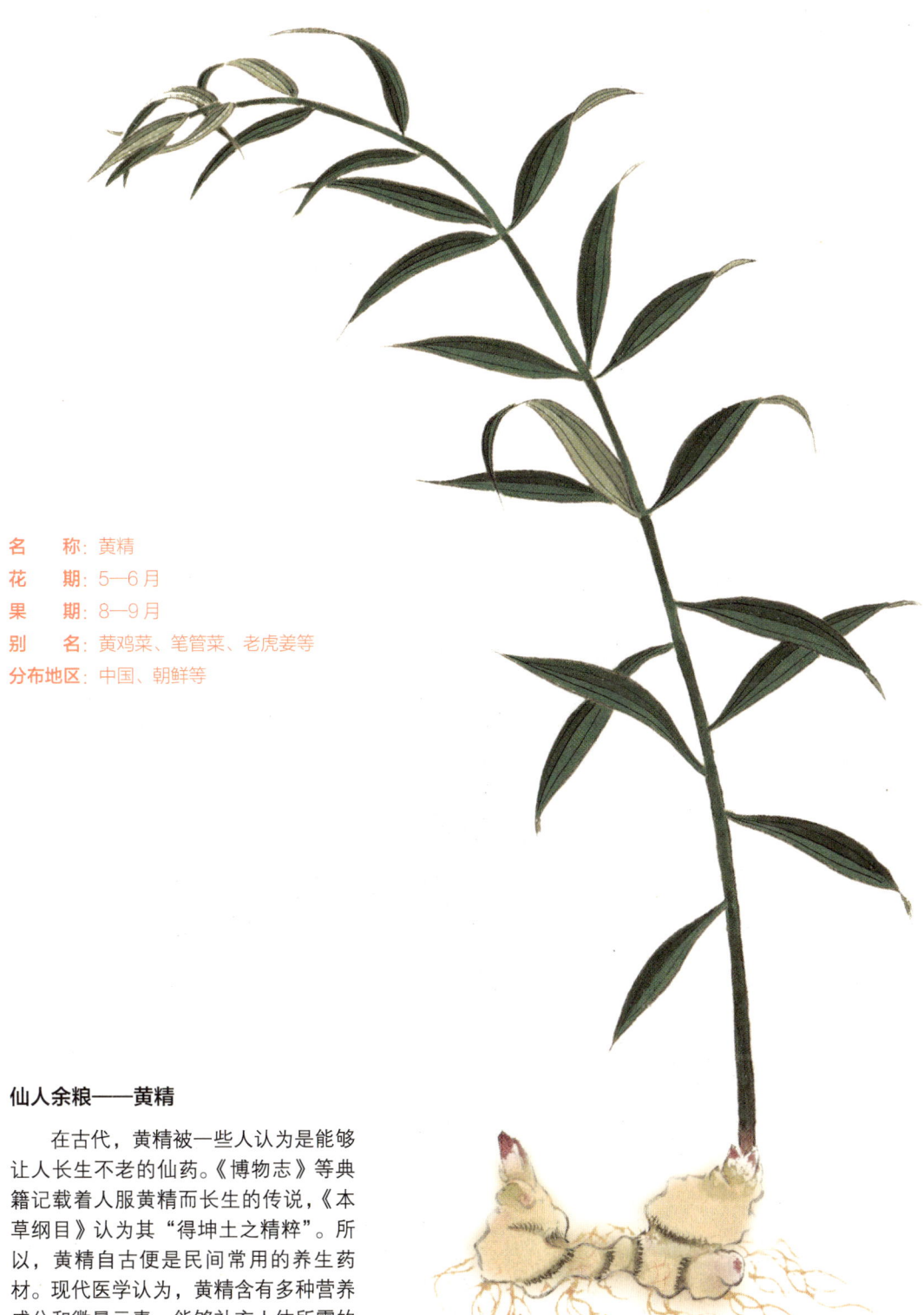

名　　称：黄精
花　　期：5—6月
果　　期：8—9月
别　　名：黄鸡菜、笔管菜、老虎姜等
分布地区：中国、朝鲜等

仙人余粮——黄精

在古代，黄精被一些人认为是能够让人长生不老的仙药。《博物志》等典籍记载着人服黄精而长生的传说，《本草纲目》认为其"得坤土之精粹"。所以，黄精自古便是民间常用的养生药材。现代医学认为，黄精含有多种营养成分和微量元素，能够补充人体所需的营养物质，提高免疫力。

玉桃与贝壳花

艳山姜的叶片秀丽宽大,花姿清秀雅致,花朵未开时如娇嫩的桃子,绽放后如色彩斑斓的贝壳,观赏价值很高,因而常用于庭园造景。有趣的是,也许我国古人喜欢其花苞将开未开之际的娇羞姿态,所以称其为玉桃;而西方人更喜欢其花开时的样子,称其为贝壳花。

名　　称:艳山姜
花　　期:4—6月
果　　期:7—10月
别　　名:玉桃、草扣等
分布地区:亚洲热带地区

鹧鸪天·第一花

［北宋］贺铸

豆蔻①梢头莫漫夸。春风十里旧繁华。
金缕玉蕊②皆殊艳③，别有倾城第一花。

①豆蔻：植物名，姜科。
②金缕玉蕊：金色的花丝和玉质的花苞。
③殊艳：极其美艳。

不要过分夸奖梢头上的豆蔻，扬州的繁华热闹已成过眼云烟。
看这金色的花丝和玉质的花苞都如此艳丽，刚刚绽放的花不是更加美丽吗？

艳山姜 豆蔻梢头莫漫夸

艳山姜为多年生常绿草本植物，喜湿润环境。艳山姜叶片肥厚宽大，植株顶端串串美艳光洁的花序上，一个个小花苞宛如凝脂晶莹剔透，最顶端有一丝红晕，乍一看好似温润如玉的小桃子，因此，它又有"玉桃"之称。成串绽放的白色艳山姜花瓣下垂，将花蕊紧紧包裹，看上去就像一个个小铃铛，惹人喜爱。花期结束后，艳山姜便结出卵圆形蒴果，药用价值极高。艳山姜叶姿优美，花朵娇艳，很早就被人们广泛栽培，被誉为"倾城第一花"。

第二篇

秀木篇

名　　称：茶
花　　期：10月—翌年2月
果　　期：翌年9月—12月
别　　名：槚（jiǎ）、茗、荈（chuǎn）等
分布地区：中国、印度等

我国有多少种茶叶？

　　常见的茶叶主要分为六种：红茶、绿茶、黑茶、白茶、乌龙茶、黄茶。其中，红茶的代表名茶有滇红、祁红等，绿茶的代表名茶有碧螺春、龙井茶等，黑茶的代表名茶有普洱茶、湖南黑茶等，白茶的代表名茶有白毫银针、贡眉等，乌龙茶的代表名茶有铁观音、凤凰水仙等，黄茶的代表名茶有君山银针、蒙顶黄芽等。

诉衷情·闲中一盏建溪茶

[南宋]张抡

闲中一盏建①茶。香嫩雨前芽。砖炉②最宜石铫③（diào），装点野人家④。
三昧手，不须夸。满瓯（ōu）花⑤。睡魔何处，两腋清风，兴满烟霞。

注释

①建溪：古称东溪，中国福建省闽江支流。
②砖炉：煎茶用的小火炉。
③石铫：陶制的小烹器。
④野人家：乡野人家。
⑤花：汤花，茶表面浮起的泡沫。

译文

闲暇的时候喝一盏建溪茶，用谷雨前采下的细嫩芽尖泡制。小火炉最适合煎茶用，还可以装饰点缀乡野人家。

掌握泡茶诀窍的手，不必别人来夸奖，茶盏中已经盈满浓厚的汤花。强烈的睡意去哪里了？整个人神清气爽，充满兴致地欣赏着山水美景。

茶为山茶科常绿灌木，味清香、微苦。茶树叶片呈椭圆形，叶柄光滑，边缘有细小锯齿。秋冬季节开白色小花，花期结束后便结出藏着1～2粒种子的三角形或球形果实。自古以来，茶解毒消暑、生津止渴等多种功效便被人熟知。唐朝时，我国茶文化十分发达，文人雅士无不以饮茶为趣。点茶是唐宋时期的一种沏茶方法。人们将茶碾成茶末，以沸水冲注，茶末上浮，形成粥面。

银杏
玉骨冰肌未肯枯

瑞鹧鸪·双银杏[①]

[南宋] 李清照

风韵[②]雍容未甚都。尊前甘橘可为奴[③]。
谁怜流落江湖上,玉骨冰肌[④]未肯枯[⑤]。

①银杏:高大乔木,又称帝王树。
②风韵:风度韵致。
③甘橘可为奴:柑橘别称木奴。
④玉骨冰肌:清澈高洁。
⑤枯:枯竭。

  无论是风韵还是仪容,银杏都不华丽,但即使如此,酒樽前的柑橘与之相比还是稍显逊色。
  虽然没有人怜惜它流落异乡,但它依然清澈高洁,不肯衰败。

  银杏为高大的落叶乔木,因其种子外壳洁白,又名白果树。研究表明,早在几亿年前,就有银杏生长,它被誉为"世界第一活化石"。银杏生长缓慢,从种植到大量结果约40年,是树木王国的"老寿星"。银杏幼树浅灰色的表皮光滑,大树树皮呈灰褐色,布满粗糙裂纹。银杏叶形优美,宛如一把把"迷你"小蒲扇。它枝条平展,树冠呈规则的圆锥形,一到秋天,便满树金黄,极具观赏价值。花期过后,便结出或卵圆形,或椭圆形具长梗的下垂果实,与杏子相似。因果实中含丁酸较多,闻起来有一股腐败的奶油气味。但将它的种子烧熟后,还可以食用。

名　　称：银杏
花　　期：3月下旬—4月中旬
果　　期：9—10月
别　　名：白果树、公孙树、鸭脚树等
分布地区：中国、韩国、新西兰等

为什么说银杏是最孤独的物种？

　　作为中生代的孑（jié）遗植物，银杏是中国特有种。这意味着，时至今日，银杏的所有亲属物种都已经在地球上消失了。无论从哪一种现存植物上，都找不到一丝与银杏相似的存在。

为什么有些梧桐会"脱皮"?

有时候,路边的一些梧桐看上去光秃秃的,就像被人剥去了部分树皮。之所以会产生这样的现象,那是因为在生长过程中,有些种类的梧桐需要不断依靠脱去老树皮再长出新树皮,才能长得越来越粗壮、高大。

名　　称:梧桐
花　　期:6月
果　　期:9—10月
别　　名:青桐、桐麻等
分布地区:中国、日本等

鹧鸪天·寒日萧萧上琐窗

[南宋]李清照

寒日萧萧①上琐窗,梧桐应恨夜来霜②。
酒阑更喜团茶苦,梦断偏宜③瑞脑香④。

 注 释

①萧萧:凄清冷落的样子。
②霜:寒霜。
③宜:适宜。
④瑞脑香:龙涎香,又名龙脑香。

 译 文

惨淡的阳光照到镂花窗上,梧桐也应该怨恨夜晚降下的寒霜。
酒后更喜欢品尝团茶的苦味,梦醒后更适宜闻龙涎香的香气。

梧桐 梧桐应恨夜来霜

梧桐为落叶乔木,高大挺拔,可高达16米。顶端渐尖的梧桐叶叶形优美,宛如手掌。夏季开花时,圆锥花序顶生,朵朵淡黄绿色的花娇小玲珑,鲜艳明亮。花期结束,便结出近似球形的核果,成熟的核果呈蓝紫色。梧桐具肉质根,在温暖、湿润的环境中长势良好,因萌芽力不强,不适合修剪。但它生长速度快,寿命可长达百年以上,因此常用作园林绿化树种。自古以来,梧桐便深受大家喜欢。古人喜欢将凤凰与梧桐相联系,由此不难看出梧桐地位之高。在历代文人眼中,梧桐象征忠贞、高洁。在唐诗宋词中,梧桐作离情别恨的意象最多。

紫玉兰 东风卷尽辛夷雪

虞美人·春寒

[南宋]赵长卿

东风卷尽辛夷①雪②。逆旅清明节。
黄昏烟雨失前山。陟(zhì)遍朱栏②、酒噤不禁寒。

注释

①辛夷:紫玉兰。
②雪:指花瓣凋零,像下雪一般。
②朱栏:朱红色的围栏。

译文

东风吹过,辛夷花瓣如飞雪般飘落。在异乡度过清明节。
黄昏时分,烟雨遮住了前山。沿着朱红色的围栏登高,喝酒后身体发冷,不由自主地打起了寒战。

紫玉兰为木兰科落叶灌木,为我国特有植物。紫玉兰亭亭玉立,紫色花朵散发出如兰花般的幽香,沁人心脾,观赏价值极高。紫玉兰在山坡、林缘等地长势良好,是优良的庭院绿化植物。紫玉兰大多在早春绽放,在我国有悠久的栽培历史。在唐代名画《簪花仕女图》中,就可见紫玉兰的身影。紫玉兰树皮、树叶、花蕾都可入药。晒干后的紫玉兰花蕾气味芳香,是制作挥发油的好材料。

名　　称：紫玉兰
花　　期：3—4月
果　　期：8—9月
别　　名：辛夷、木笔
分布地区：中国

紫玉兰与白玉兰有什么关系？

　　紫玉兰和白玉兰的名称如此相像，但它们是两种完全不同的植物。紫玉兰是落叶灌木，树皮颜色深，一般不会高于5米；白玉兰是落叶小乔木，树皮颜色浅，高5~15米。

名　　称：合欢
花　　期：6—7月
果　　期：8—10月
别　　名：马缨花、绒花树等
分布地区：中国、越南、印度等

有美好寓意的合欢

在中国，合欢是一种吉祥之花、幸运之花。自古以来，人们就喜欢在宅院旁栽种合欢树。合欢花早开晚合，闭合时花瓣会紧紧地抱在一起，所以人们将其视为夫妻恩爱、家庭团圆，或者破镜重圆、言归于好的象征。

行路难① · 赠君以丹棘忘忧之草

[南宋]范成大

赠君以丹棘②忘忧之草,青棠③合欢之花。
马脑游仙之梦枕,龙综辟寒之宝纱。

注释

①行路难:词牌名,又名《梅花引》《小梅花》等。
②丹棘:萱草的别名。
③青棠:合欢的别称。

译文

赠给你萱草,希望你忘却忧愁;赠给你合欢花,希望你有情人终成眷属;赠给你玛瑙做的仙枕,令你能梦游仙境;赠给你织有龙纹的纱衣,令你能免受寒冷的侵袭。

合欢 青棠合欢之花

合欢是落叶乔木,高可达16米。一到春天,它便迅速地抽枝发芽,树冠展开后,枝叶婆娑,绿意盎然。合欢树叶非常有趣,二回羽状复叶有着昼开夜合的"神奇本领":一到夜间,小叶闭合;一到天亮,小叶便会打开。合欢花新颖别致,一朵朵粉红的合欢花像极了一个个小绒球。其实,这粉红绒球可不是"一朵花",而是由许多小花组成的一个头状花序。合欢生长迅速,有着极强的适应性,是我国常见的观赏树木之一,现为威海市市树。

木棉

木棉花映丛祠小

菩萨蛮·木棉花映丛祠小

［北宋］孙光宪

木棉花①映丛祠②小,越禽③声里春光晓。
铜鼓与蛮歌,南人祈④赛多。

注释

①木棉花:一种落叶大乔木,花朵一般为红色。
②丛祠:荒祠野庙。
③越禽:指孔雀。
④祈:求。

译文

　　木棉花掩映着荒祠野庙,孔雀声声晨鸣,报告着又一年春天来到。
　　响亮的铜鼓敲起来,好听的歌唱起来,南方人经常开展祈天赛神的活动。

　　木棉为落叶大乔木,高可达 25 米,喜干热河谷、稀树草原等环境。木棉花一般为红色,花朵像小碗一般向上张开,花大且美。花期结束,便长出灰白色的蒴果,果实成熟后便自行开裂,露出里面的丝状绒毛。木棉花现为广州市的市花。

木棉是棉花吗?

木棉和棉花可没有一点关系。虽然木棉的名字里有一个"棉"字,果实内壁又具有绢状纤维,但它产出的纤维可不能用来纺纱!不过,因为这些纤维耐压又富有弹性,还不太容易吸水,所以它们常被用来填充救生圈、沙发或枕头等。

名　　称:木棉
花　　期:3—4月
果　　期:6—7月
别　　名:英雄树、红棉等
分布地区:中国、印度、越南等

名　　称：牡荆
花　　期：6—7月
果　　期：8—11月
别　　名：荆条棵、五指柑等
分布地区：中国、日本等

散发异香的牡荆

牡荆广泛分布于中国长江以南各地，它不仅是一味常见的中药材，还是一种著名的香料植物。牡荆的花和叶都散发着独特的香气，可以用来提取芳香油，这种芳香油常被用于制造空气清新剂、护肤品、香皂、洗发水等。

双头莲·呈范至能待制

［南宋］陆游

尽道锦里①繁华，叹官闲昼永②，柴荆③添睡。清愁自醉。念此际④、付与何人心事。

① 锦里：成都别称。
② 昼永：形容白天时间极长。
③ 柴荆：又名牡荆。这里指用柴荆做的简陋门户。
④ 念此际：想到这些。

译文

　　人人都说成都是热闹繁华的地方，我却感叹自己职务清闲、无所事事，白天就像永远都过不完一样，柴门紧闭，整日都昏昏欲睡。
　　借酒浇愁，我独自品尝着美酒。每当想起这些，我内心的苦闷该向谁诉说呢？

　　牡荆为马鞭草科落叶灌木或小乔木，复叶呈掌状，小叶正面绿色，背面浅绿色，边缘呈锯齿状。牡荆夏季开花，圆锥花序顶生，花冠为淡淡的紫色。当花期结束，便结出近球形的果实。古时候，老百姓喜欢采集荆条，用来编织筐、篮、篱笆等用具。现在，因牡荆树形优美，老桩形态典雅古朴，常用作盆景、木雕材料。很多地区也喜欢将其用于绿化，种植于园林假山旁。

牡荆 叹官闲昼永，柴荆添睡

女贞 山矾风味木樨魂

眼儿媚·女贞木

[南宋]张镃

山矾①风味木樨②魂。高树绿堆云。
水光殿侧，月华楼畔，晴雪③纷纷。

注释

①山矾：一种常绿灌木或小乔木。
②木樨：桂花。
③晴雪：天晴后的积雪。这里指女贞娇小的花朵。

译文

具有山矾的风格和木樨的魂，高高的女贞树上仿佛堆积着绿色的云彩。

水光殿和月华楼的旁边，开满了如雪花般的女贞花。

女贞为常绿灌木或乔木，植株高可达 25 米，原产于我国。树形整齐的女贞不畏严寒霜冻，一年四季枝繁叶茂。女贞喜温暖湿润的气候，根系发达，生长速度快。除了极具观赏价值，它对空气中的有毒物质（如二氧化硫）、粉尘等也有极强的抗性，因此，常用作庭院、工业园区等处首选绿化树种。6月，女贞会开出细小的花朵，花密如雪，香味十分浓郁。当花期结束，便结出椭圆形的核果，核果成熟后为蓝黑色。

名　　称：女贞
花　　期：5—7月
果　　期：7月—翌年5月
别　　名：冬青、白蜡树等
分布地区：中国、朝鲜、日本等

用处很多的女贞

　　女贞是一种生命力十分旺盛的植物，播种、育苗容易。人们经常用它放养白蜡虫的种虫，雄性白蜡虫的分泌物可以用来制作白蜡。女贞也是嫁接桂花树、丁香的优秀砧木。女贞的果实被称为"女贞子"，可入药。

名　　称：使君子
花　　期：5—9月
果　　期：6—10月
别　　名：舀求子、史君子等
分布地区：中国、缅甸、印度等

为什么它叫"使君子"？

使君子又名舀求子，产于我国南部和西南部，以及南亚、东非等地。相传，在北宋年间，四川潘州有一位叫郭使君的名医，他为小孩看病时，经常用这种植物的果实入药。久而久之，人们便把这种植物称为"使君子"。

定风波·再和前韵药名[①]

[南宋] 辛弃疾

仄月[②]高寒水石乡。倚空青碧对禅床。
白发自怜心似铁。风月。使君子细与平章[③]。

注释

①药名：词中嵌有寒水石、空青、莲（怜）心、使君子等药名。
②仄月：倾斜的月亮。
③平章：评论，说道。

译文

一弯斜月高挂在天空之上，将清寒的光辉洒在这遍布水石的地方。青碧的山峰倚靠着天空，和我的禅床隔空相对。

我怜惜自己已满头白发，却依然痴迷山水风月，心就像铁一样顽固。请你快来为我仔细地诊疗一下。

使君子为攀缘藤状灌木，最高可达 8 米左右，椭圆形叶片对生，正反面都覆有灰白色绒毛。因根系发达，使君子植株生长得十分茂盛，细细软软的嫩绿枝条可沿着木架、石块等不断向上攀爬。初夏时节，一朵朵红色小花组成一个伞状花序，花序呈穗状向下轻垂。一开始，花朵为白色，慢慢变为淡红色。因盛开时间不一样，花朵颜色交替变换，显得格外精巧别致。使君子两头尖尖的果实呈卵形，上面 5 条棱角轮廓分明，或栗色或青黑色的果实为传统药材，对小儿蛔虫病有极好的疗效。除了用作绿篱植物可供观赏，使君子还可以放于室内美化居室，同时对稳定情绪也很有帮助。

杏 红杏枝头春意闹

玉楼春·春景

[北宋] 宋祁

东城渐觉风光好。縠（hú）皱波纹①迎客棹②。
绿杨烟外晓寒轻，红杏枝头春意③闹④。

注释

①縠皱波纹：形容波纹细如绉（zhòu）纱。
②棹：船桨。这里指船。
③春意：春天的气象。
④闹：浓盛。

译文

东城的春光越来越美丽，绉纱般的水波上有客船驶过。
杨柳的枝条浓密如烟，早上还带着些许寒意。粉红的杏花开满枝头，已然是一片春意盎然的景色。

杏树原产我国新疆，为蔷薇科落叶乔木，树冠呈扁圆形或圆球形。杏花单生，因花先于叶开放，古人便喜欢将它们与苍松翠柏配置于堂前庭院，观赏性极佳。虽然古诗词中总是提到"红杏"，其实杏花花瓣洁白，红的只是它们的花萼。因杏花总在农历二月盛开，二月又称"杏月"，古代科举会试放榜时正值杏花开放，因此，又称"杏榜"。杏树的球形果实成熟后呈黄色，因日晒大多带红晕，果皮上长有细小的绒毛，十分可爱，我们称之为杏子。杏子营养丰富，鲜美多汁，不仅可以当水果食用，还能加工成果脯，别有风味。杏树有着极强的适应性，寿命可高达百年以上。

名　　称：杏
花　　期：3—4月
果　　期：6—7月
别　　名：杏果、杏实等
分布地区：世界各地

什么是落叶乔木？

"落叶"指的是，虽然植物能活很多年，但每当寒冷或干旱的时候，它的叶子就会枯萎、脱落。"乔木"指的是，植物具有明显的、直立的主干，一般可以长到数十米，并在距离地面较高处的分枝形成树冠。

名　　称：梓（zǐ）树
花　　期：5—6月
果　　期：10—11月
别　　名：花楸、水桐、臭梧桐等
分布地区：中国、日本等

被叫作"木王"的梓树

古代，人们常常会在房子前后栽种梓树，这不仅因为它有着美好的寓意，还因为它的主干高大、挺拔，砍下后既可以当房梁，也可以做棺木。此外，古人过冬时还需要用木炭来取暖，而梓树恰好就是制作木炭的重要材料之一。

青玉案·南州独数多名士

［南宋］杨无咎

南州独数多名士。谁富贵、归桑梓①。
昼锦②如公难比似。傍③湖开径④，雨帘云栋，
平地居仙子。

①桑梓：桑树和梓树。这里指故乡。
②昼锦：白昼衣锦还乡，人皆见得。
③傍：倚着、靠着。
④开径：开辟路径，也指不与俗人往来。

只有南州涌现了这么多名士。谁富裕、显贵地回到了故乡？
没人能与衣锦还乡的你相提并论。靠着湖泊开辟出一条小路，
建起高敞华美的楼阁，像神仙一样住在这个地方。

古人常用"桑梓"一词借指家乡。不同于"矮身材"的桑树，梓树树干挺拔高大，伞形树冠冠幅开展，叶片硕大。春夏时节，梓树开满簇簇淡黄、白色的花朵；秋冬时节，树枝上便挂着一串串蒜薹一样的荚果，极具观赏价值。性喜温暖、耐严寒的梓树有着极强的适应性，在湿润、肥沃的夹沙土中长势最好。梓树生长较快，常用作园林、行道树等首选树种，其树皮、果实等都有一定药效，木材还是制作各种家具的好材料。在古代，有"桐天梓地"的说法，即以泡桐木制作琴面，用梓木制作琴底，只有两者结合才能制成乐声婉转的上好乐器。

第三篇

繁花篇

牡丹
关心只为牡丹红

玉楼春·常忆洛阳风景媚

[北宋] 欧阳修

别来已隔千山①翠。望断危楼斜日②坠。
关心只为牡丹红,一片春愁③来梦里。

注释

①千山:形容山峰不计其数,不是确指。
②斜日:即将落山的太阳。
③春愁:春日的愁绪。

译文

分别之后,你我相隔数座青山。我在高楼上眺望,直到西垂的太阳落了山。

只是因为牵挂那牡丹花啊,一片春日的愁绪来到了我的梦境之中。

说到牡丹,我们便不难想象它雍容华贵、富丽堂皇的样子。牡丹植株优美高大,可达2米,众多分枝短而粗,单生枝顶的牡丹花色泽艳丽,风流潇洒,自古便有"国色天香""花中之王"的美誉。别看牡丹没有花蜜,却能用鲜艳的色泽吸引各种传粉昆虫。据记载,最初的野生牡丹花色单一,在人工培育下,才形成今天姹紫嫣红的各色牡丹。其中,以黄、绿色牡丹最为名贵。历朝历代,牡丹遍及诗词歌赋、音乐戏剧、绘画雕塑等方方面面,并形成独特的牡丹文化。

名　　称：牡丹
花　　期：4—5月
果　　期：6—7月
别　　名：白茸、百雨金、洛阳花等
分布地区：中国

牡丹和芍药有什么区别？

　　因为芍药和牡丹有几分相似，所以不少人会将它们弄混。不过，二者还是有着明显的区别：牡丹属于落叶灌木，它可以长到2米高，有着棕褐色的、粗糙的枝干；而芍药属于草本植物，它一般不足1米高，有着绿色的、光滑的茎。

063

被视为"花中君子"的莲

莲自古就被众多文人墨客称赞为"花中君子"。北宋理学家周敦颐还曾在千古名篇《爱莲说》中赞美莲"出淤泥而不染,濯清涟而不妖"。至于人们为什么会有这样的认知,多半是因为莲的根属于茎根,可以深深地扎在池底的淤泥里,既能为整株输送营养,又能起到固定支撑的作用;而莲的花与叶都远离淤泥,长在水面之上,有的甚至可以高出1米多。

名　　称:莲
花　　期:6—8月
果　　期:8—10月
别　　名:芙蓉、藕花、芙蕖、荷花等
分布地区:中国、日本、印度等

如梦令·常记溪亭日暮

[南宋]李清照

常记溪亭①日暮,沉醉不知归路。
兴尽②晚回舟,误入③藕花④深处。
争渡,争渡,惊起一滩鸥鹭⑤。

注释

①溪亭:临水的亭台。
②兴尽:十分尽兴。
③误入:不小心进入。
④藕花:荷花。
⑤鸥鹭:泛指水鸟。

译文

　　常常忆起在溪边的亭子里游玩到太阳落山的事情,我陶醉在优美的景色中,忘记了回家的路。
　　心满意足后在晚上乘舟返回,不小心进入了荷花深处。
　　奋力划呀!奋力划呀!划船声惊起了沙洲上的一群水鸟。

莲
误入藕花深处

　　莲为多年生水生草本植物,地下茎肥厚粗壮,具长节;叶片碧绿硕大,呈倒卵形或椭圆形,圆柱形叶柄长满倒刺。莲美丽芳香,花于花梗顶端单生,远远高出水面,显得风姿绰约。莲花花色丰富,有粉、白、淡紫等。其花药着生于花托下,花托表面具蜂窝状孔洞,经受精膨大形成莲蓬。在我国,莲的品种达200多种,栽培历史悠久。早在周朝,我国就有栽培莲的文字记载。莲亭亭玉立,花大色艳,极具观赏价值。历朝历代,它都以出淤泥而不染的高贵品德为人所称颂。印度、越南都将其作为国花。

春兰 秋菊堪餐，春兰可佩

沁园春·带湖新居将成

［南宋］辛弃疾

秋菊堪餐①，春兰可佩②，留待先生手自栽。沉吟久，怕君恩未许③，此意徘徊④。

注释

①餐：餐服。
②佩：佩戴。
③未许：不答应、不批准。
④徘徊：犹豫不决的样子。

译文

秋菊可以做成佳肴，春兰可以用来佩戴，这两种花都留给我亲手栽培吧。

我反复思考，担心皇帝不允许我辞官，还在犹豫要不要归隐。

兰花品种繁多，春兰在所有兰花中种植历史最为悠久，早在帝尧时期就有种植春兰的动人传说。春兰为多年生地生常绿草本植物，肉质根系发达，植株矮小，叶片狭长，呈带状分布。春兰开花时，花香袭人，花色以绿色、淡褐黄色最为常见。花期结束，便长出狭椭圆形蒴果。春兰叶姿优美，花色淡雅，当孔子见到空谷幽兰时，曾赞叹："兰当为王者香。"从此，兰花在人们心中便有了独特的地位。南宋时，还出现我国第一部研究兰花的著作——《金漳兰谱》。历朝历代，文人墨客们除了吟咏春兰，还将它作为美好事物的象征，如：优秀的文学、书法作品被称为"兰章"，真挚的友谊被称为"兰交"等。

名　　称：春兰
花　　期：春季
果　　期：秋季
别　　名：朵朵香、草兰等
分布地区：中国、日本等

兰科植物是个大家族

你知道吗？兰科植物可是一个超级大家族，我们常见的就有春兰、蕙兰、建兰、寒兰、墨兰、蝴蝶兰、洋兰等数十种。我国的兰科植物主要分布在西南和华南地区，尤其以云南的品种最为丰富，约有1150种，其次是广西、西藏、四川、贵州等地。

品性高洁的菊花

自古以来,梅、兰、竹、菊就被文人墨客誉为"花中四君子"。唐代诗人元稹称赞菊花不畏西风,感叹"不是花中偏爱菊,此花开尽更无花";唐代黄巢称赞菊花傲立群芳,相信"待到秋来九月八,我花开后百花杀";宋代画家郑思肖称赞菊花宁折不弯,说它"宁可枝头抱香死,何曾吹落北风中"。

名　　称:菊花
花 果 期:5—11月
别　　名:寿客、黄华、金英等
分布地区:中国、日本等

醉花阴·薄雾浓云愁永昼

［南宋］李清照

东篱①把酒黄昏后,有暗香②盈袖。
莫道不消魂③,帘卷西风,人比黄花④瘦。

注释

①东篱:泛指采菊之地。
②暗香:菊花的幽香。
③消魂:极度忧愁、悲伤。
④黄花:菊花。

译文

在菊花丛边饮酒直到日落以后,淡淡的菊香沾染了双袖。
不要说秋天不会让人感到忧愁,西风卷起珠帘,帘内的人儿比菊花还要消瘦。

菊花

帘卷西风,人比黄花瘦

　　菊花为多年生草本植物,著名观赏花卉。自古以来,菊花就深受大家喜爱,被列为"中国十大名花"之一。菊花品种繁多,颜色、形态丰富。菊花是由许多小花组成的一个花序。组成花序的小花分"舌状花""管状花"两种,舌状花最能体现菊花的特色。因萌发力强,经多次摘心后一株菊花能分生上千个花蕾,有的菊花品种还能做成菊亭、菊篱等各种造型。在古代重阳节,赏菊为重要活动,大家会将新摘下的菊花插在头上,以驱邪辟疫。现在,很多地区依然举办重阳赏菊活动,如广东小榄镇的菊花会源于宋代,为我国延续时间最长、规模最盛大的菊会之一。

黄木香 袅袅垂香带月

洞仙歌① · 黄木香赠辛稼轩

[南宋] 姜夔

花中惯识，压架②玲珑雪。乍见缃（xiāng）蕤（ruí）间琅叶。

恨春见将了③，染额人归④，留得个、袅袅⑤垂香带月。

注释

①洞仙歌：原唐教坊曲，后用为词牌名。
②压架：指花儿垂下的样子。
③将了：即将结束。
④归：女子出嫁。
⑤袅袅：形容花姿优美、轻盈。

译文

在群芳中，我最熟悉的就是这垂下的、如雪花般的娇小花朵。在淡黄色微微垂下的花朵间，我突然看见了像美玉一样的绿叶。

不禁怨恨春天就要结束，女子就要出嫁，只留下姿态优美的花儿披着月光，散发着香气。

黄木香为常绿藤本植物，植株长势旺盛，高可达6米；红褐色树皮，光滑的小枝带有钩状刺；暗绿色的椭圆形叶片边缘呈细小的锯齿状。每到四五月，黄木香便开出带有馥郁香味的黄色小花，有的花儿单生，有的花儿聚集成伞形花序。黄木香有着极强的攀缘能力，种植于公园、绿化带、院子等处，很快就能长成一片花海。除了金黄的花朵极具观赏价值，它的叶子尤其有趣：只要花朵盛开，叶子便谦让般地躲到花朵背后，心甘情愿成为陪衬。此外，黄木香的叶子、根部还可入药，有止痛、止血等功效。

名　　称：黄木香
花　　期：4—5月
果　　期：10—11月
别　　名：金木香、黄杜鹃等
分布地区：中国

爬到哪里，就在哪里开花

　　黄木香是我国的一种本土植物，它根系发达，花量很大，生长速度快，观赏性极强，非常适合用于绿化。虽然黄木香自身不能直立生长，但它有强大的攀缘茎，在人工扶持下，能够攀爬到围墙、花架、护栏上生长。只要阳光充足，它几乎爬到哪里，就能在哪里开花。

名　　称：黄葵
花　　期：6—10月
果　　期：9—12月
别　　名：山油麻、野油麻、野棉花等
分布地区：中国、越南、泰国等

喜欢阳光的黄葵

　　黄葵原产于中国，目前主要分布在我国的南方地区，在越南、老挝、柬埔寨、泰国和印度等地也有分布。黄葵是一种喜欢强光的植物，它可以接受阳光长时间直射，却无法在树荫处长得茂盛。如果黄葵种植得过密，还可能会导致其中部分因光照不足而枯萎死亡。

菩萨蛮·人人尽道黄葵淡

［北宋］晏殊

人人尽道①黄葵淡。侬家②解说黄葵艳。
可喜万般宜③。不劳④朱粉施。

注释

①尽道：都说。
②侬家：自称，相当于"我"。
③宜：适宜，恰到好处。
④不劳：不需要。

译文

人人都说黄葵淡雅，我却认为它很娇艳。
多么值得高兴呀，黄葵的一切都恰到好处，不需要再涂抹脂粉。

黄葵植株根系极其发达，生长迅速。叶腋间单生硕大的金黄色掌状花，花柱分枝。当花期结束，便结出长圆形的蒴果，内含具有麝香味的肾形种子。在山谷、溪旁、平原、灌丛等地，黄葵生长旺盛。黄葵花大色艳，极具观赏价值，不论种植于园林，还是用来布置花坛，都别具情趣。黄葵的种子还是制作高级香料的原材料。此外，黄葵一身都是宝，根、叶、花等均能入药，有清热解毒、治疗烧伤等多种功效。

栀子

荔子才丹栀子白

清平乐·梅霖未歇

[南宋]吴泳

梅霖①未歇。直透菖华节②。荔子才丹栀子白。抬贴③诞弥嘉月。
峨冠蝉尾翛翛④(xiāo)。整衣鹤骨彲彲⑤(piāo)。闻道彩云深处，新添弄玉吹箫。

注释

①梅霖：指久下不停的梅雨。
②菖华节：指端午节。
③抬贴：配合。
④翛翛：形容小昆虫振翅飞舞之声。
⑤彲彲：超凡脱俗的样子。

译文

梅雨一直下到了端午节都没有停止。荔枝刚刚变红，白色的栀子花刚刚开放。此时正值夏天伊始，恰是你的生日月。

头上的冠帽高耸，如蝉翼般飘动。衣袍飘逸，像修道者一样超凡脱俗。听说在那彩云深处，新来了一位会吹箫的仙子。

栀子为常绿灌木。每到梅雨季节，纯白如玉的栀子花便悄然绽放，散发出沁人心脾的幽香。栀子四季常青，花姿淡雅高洁，极具观赏价值。卵圆形的带有纵棱的绿色果实成熟后呈鲜艳的橙红色，含不溶于水的黄酮类栀子黄色素等，不需要任何媒染，就可染出明丽的黄橙色。据史书记载，古时候皇帝御衣布料的颜色就是用栀子染成。不过，因工序简单，容易褪色，到了宋代，皇宫就改用其他染料了。在古人眼中，栀子花花开同心，所以他们便将纯洁的栀子花视作永结同心的信物。因此，栀子花又称"同心花"。

备受人们喜爱的栀子

　　栀子是中国的本土植物,广泛栽培于全国各地。虽然栀子长得不算高,但它的主干非常坚实、细密。栀子花自古便象着吉祥如意,在唐代还曾作为国礼被赠送给当时的日本。

名　　称:栀子
花　　期:3—7月
果　　期:5月—翌年2月
别　　名:山栀子、黄栀子等
分布地区:亚洲、非洲、大洋洲

名　　称：虞美人
花 果 期：3—8月
别　　名：丽春花、赛牡丹、满园春等
分布地区：欧洲、北非、亚洲

虞美人不是罂粟

虽然虞美人和罂粟都属于罂粟科，但它们只是外形长得有些相似，并不是同一种植物。虞美人全株都长有明显的糙毛，分枝比较多，茎比较纤细；而罂粟全株比较光滑，不但分枝较少，茎比较粗壮，叶片和花瓣看起来也更厚实。

虞美人·赋虞美人草

[南宋] 辛弃疾

当年得意如芳草①。日日春风好。
拔山力尽忽悲歌②。饮罢③虞兮从此、奈君何。

注释

①芳草：虞美人草。此处指虞姬。
②悲歌：悲壮地高歌。
③饮罢：饮酒结束。

译文

当年得势时，如同每天都能受到春风吹拂的虞美人。

然而失势时，就算是西楚霸王，也只能高唱着悲歌，与虞姬诀别。帐饮之后，彼此分离，虞姬从此要如何对待项羽呢？

虞美人为著名观赏花卉。早在唐朝时，虞美人就因花美、色艳被称为"丽春花"，深受大家喜爱。明朝末年，它已经作为常见的观赏花卉被广泛栽培。虞美人茎秆挺拔，分枝较多，无论主枝、分枝，还是叶片上都有细细的刚毛伸展。其红艳的花朵在茎或分枝的顶端单生，4片花瓣光滑柔顺，宛如丝绸质地一般。多姿多彩的虞美人花蕾较多，观赏期较长，不论盆栽、切花或成片种植，都极具观赏性。花期结束，便长出宽倒卵形的蒴果。此外，它全株都可入药，药用价值极高，有止咳、催眠等多种功效。

南柯子·玉簪

[南宋] 韩元吉

五月炎州路,千重扑地开。

只疑标韵是江梅③。不道薰风④庭院、雪成堆。

注释

①南柯子:唐代教坊曲名,又名《南歌子》,后为词牌名。
②炎州:南方广大地区。
③江梅:一种野生的梅花。
④薰风:此处指玉簪花香四溢。

译文

在五月的南方,遍地都开满层层叠叠的玉簪花。

人们怀疑只有江梅才有如此风韵,没察觉玉簪花的香气充满了整座庭院,枝头的花儿如同堆积的白雪一样。

玉簪为多年生草本植物,丛生的叶片或呈卵形,或呈心形。花朵洁白如玉,显得高洁雅致,其含苞待放时像极了古代女子发髻上的玉簪,因而得名。玉簪为典型的喜阴植物,一旦强光照射便生长不良,在寒冷的北方也能在露地过冬,在疏松肥沃的沙壤土中长势良好。玉簪叶、花俱佳,气味芳香浓郁,沁人心脾,是极为优良的地被观赏植物。花期过后,玉簪便结出有棱的圆柱状果实,蒴果成熟后自己开裂。玉簪全株都可入药,因所取部位不同,药效也大不相同。

美丽而"狠毒"的玉簪花

　　玉簪花可分为紫玉簪花和白玉簪花两种：前者 7 月上旬开花，盛花期约 10 天；后者 8 月开花，盛花期约 20 天。玉簪花虽然美丽，但其花、叶、果实皆有毒性，一旦食用会导致人的牙齿损伤，甚至脱落。

名　　称：玉簪
花 果 期：8—10 月
别　　名：玉春棒、白鹤花、玉泡花等
分布地区：中国、日本等

蜀葵为什么被叫作"一丈红"?

蜀葵因原产于中国四川而得名,据说它是最早传入西方的中国本土植物。蜀葵是一种生命力极其顽强的植物,一般情况下,它可以在各种土壤中存活,并且能轻松长到2米多高。此外,因蜀葵多开红花,所以又得名"一丈红"。

名　　称:蜀葵
花　　期:2—8月
别　　名:一丈红、大蜀季、戎葵等
分布地区:中国多地

临江仙·高咏楚词酬午日①

[南宋]陈与义

万事一身伤老矣,戎葵②凝笑③墙东。酒杯深浅去年同④。
试浇桥下水,今夕到湘中⑤。

注释

①午日:阴历五月初五,即端午节。
②戎葵:蜀葵。
③凝笑:嘲笑。
④去年同:与去年一样。
⑤湘中:湘江之中,指屈原投水自杀处。

译文

经历许多事情后,我只剩下徒长的年岁和满身的疾病,墙东的蜀葵仿佛也在嘲笑我。杯中之酒,看起来还是与去年的一样。

我将它倒入桥下的江水里,让江水带着它流到湘江去。

蜀葵 戎葵凝笑墙东

蜀葵花形硕大,单瓣、重瓣均有,主要有红、紫、黄、白等颜色。一到夏季,蜀葵便盛开得如火如荼,它的花不是同时绽放,而是一轮接一轮,显得热闹非凡。蜀葵花大色艳,姹紫嫣红,给人以美的享受,极具观赏价值。其全株可入药,有清热、解毒、镇咳等功效。此外,从蜀葵花中还可提取食品着色剂——花青素。

芍药

一栏红药，倚风含露

金凤钩① · 送春

［北宋］晁补之

春回常恨寻无路，试向我、小园徐步②。一栏红药③，倚风含露④。春自未曾归去。

注释

①金凤钩：词牌名。
②徐步：小步慢慢走。
③红药：芍药。
④含露：带着露珠。

译文

往昔常常遗憾春天回来后，寻春无路。今日试着到我的小花园中慢慢寻春。

只见一栏鲜艳娇嫩的芍药花倚风而立，含露而开，就好像春天从没有离去过。

芍药粗壮的肉质块根多呈纺锤状，花瓣呈倒卵形。芍药花色多样，有紫、红、白等，姹紫嫣红，鲜艳亮丽。花期结束，便结出纺锤形的果实，种子呈圆形或尖圆形。芍药极具观赏性，不仅可在园林种植，还能作为插花、花坛用花等，别具情趣。在我国，江苏扬州、四川中江等地芍药品种繁多，为芍药观赏胜地。在古代，情人离别之时常以芍药相赠，因此，它便有了"离草"的别名。

名　　称：芍药
花　　期：5—6月
果　　期：8月
别　　名：将离、离草、没骨花等
分布地区：中国、朝鲜、日本等

唐朝仕女以芍药作头饰

　　在唐代，女子喜欢在头发上簪花。当时，除了艳丽妩媚的牡丹，贵族妇女还格外中意鲜艳硕大的芍药。梳妆时，她们会将刚刚采摘下来的新鲜芍药戴在高高的发髻的中央或者一侧，在唐代名画《簪花仕女图》中就有一位这样装扮的仕女。

名　　称：含笑花
花　　期：3—5月
果　　期：7—8月
别　　名：含笑美、山节子、香蕉花等
分布地区：中国

怕冷又怕晒的含笑

含笑原产于中国华南地区，一般生长在背阳坡的杂木林中，尤其是小溪、沟谷边。因为具有较高的观赏价值，所以现在全国多地都有它的"身影"。不过，含笑喜欢温暖却害怕阳光直射，因此在北方，人们多将它种植于温室中。

点绛唇①·南香含笑

[南宋] 王十朋

南国名花,向人无语长含笑。缘香囊小。不肯全开②了。
花笑何人,鹤相③诗词好。须知道。一经品藻④。又压前诗倒。

注释

①点绛唇:词牌名,始见于南唐,盛于宋代。
②全开:完全绽放。
③鹤相:北宋宰相丁谓。
④品藻:品评诗词文章。

译文

南国的名花啊,它们默默地站在那里,向人们露出笑容。因为香气不多,所以它们不肯完全开放。
含笑花在笑什么人?它们在笑丁谓的诗词写得好。要知道,经过品评鉴定,含笑花要比丁谓的诗词更加美丽。

含笑花为常绿灌木,高可达3米左右,深绿色的叶片或呈椭圆形,或呈倒卵状,分枝极为繁密。色如象牙黄的含笑花,因花姿含蕾而不完全开放,像极了娇羞含笑的模样,因而得名"含笑"。含笑芳香扑鼻,带有水果的香甜气息,因此,古代文人墨客都喜欢将它做成香囊佩戴。含笑喜欢生长于阴凉的杂木林中,在土壤湿润的溪谷沿岸长势最为喜人。含笑花不仅能制成茶饮,还是提炼芳香精油的重要原料。

含笑花 向人无语长含笑

紫丁香 琉璃叶下琼葩吐

点绛唇·素香丁香

[南宋] 王十朋

落木萧萧①，琉璃叶下琼葩②吐。素香柔树。雅称幽人③趣。
无意争先，梅蕊休相妒。含春雨。结愁千绪。似忆江南主⑤。

注释

①萧萧：指树叶落下的声音。
②琼葩：色泽如玉的花。
③幽人：隐居的高雅之人。
④妒：妒忌。
⑤江南主：指南唐后主李煜。

译文

　　叶子还是稀稀落落的时候，琉璃般的叶子下就有鲜花吐蕊。淡淡的香气环绕着树，雅士称赞这是隐居高士的乐趣。
　　丁香无意争夺春光，梅花可不要嫉妒。在春雨中，丁香花似心结愁绪，好像想起了江南故土。

　　紫丁香植株优美，枝条细软，仿佛充满了依依柔情，自古便深受喜爱，是著名的庭院观赏花木。当紫丁香树叶刚稀稀疏疏的时候，丁香花便已迫不及待地含葩吐蕊了，鼓鼓胀胀的丁香花蕾宛如古代衣襟上的盘扣，别致可爱。开花时，密集成圆锥花序的花朵自然垂下，散发出阵阵馨香。紫丁香能吸收空气中多种有毒气体，因此是工矿区、街道等处美化环境的首选植株。

名　　称：紫丁香
花　　期：4—5月
果　　期：6—10月
别　　名：百结、龙梢子等
分布地区：中国、朝鲜等

关于丁香的文学比喻

　　丁香自古便是众多文人墨客的"心头好"。南唐后主李煜在"晓妆初过，沉檀轻注些儿个。向人微露丁香颗"这句词中，将美人的舌尖比作小巧的丁香。清代戏曲作家孔尚任写过："两个在那里交扣丁香，并照菱花，梳洗才完，穿戴未毕。"这里的丁香指代的是精美小巧的衣扣。

名　　称：海棠花
花　　期：4—5月
果　　期：8—9月
别　　名：断肠花、思乡草等
分布地区：中国

常见的海棠有哪些？

　　海棠是我国的一种本土植物，其品种繁多，现分布于全国。我们常见的有雪球海棠、宝石海棠、梨花海棠、铁十字海棠、四季海棠等。其中，西府海棠、垂丝海棠、贴梗海棠和木瓜海棠被称为"海棠四品"。

如梦令·昨夜雨疏风骤

[南宋]李清照

昨夜雨疏风骤①,浓睡②不消残酒。
试问卷帘人,却道海棠依旧。
知否?知否?应是绿肥红瘦③。

注释

①雨疏风骤:雨点稀疏,风很猛烈。
②浓睡:酣睡。
③绿肥红瘦:绿叶繁茂,红花凋零。

译文

昨夜雨势虽小,风却吹个不停,即使酣睡一夜,仍有些醉意。

问那正在卷帘的侍女,外面的海棠花怎么样了,她却说与昨天一样。

知道吗?知道吗?现在应是绿叶繁茂,红花稀少了。

海棠花 却道海棠依旧

海棠品种繁多,不仅有人们熟知的西府海棠,还有垂丝海棠、贴梗海棠等。最有趣的是木瓜海棠,结出的金黄木质果实清香扑鼻,和甜瓜一般大。海棠为落叶乔木,叶柄细长,叶片边缘有细密的小锯齿。海棠花花序呈伞形,常单生或几朵簇生于一处,颜色或淡粉或洁白,卵形花瓣娇小可爱。花期结束,便结出球形果实,成熟的海棠果或橘黄或鲜红,入口酸甜,其营养价值堪比猕猴桃,因此有"百益之果"的美誉。海棠花如霞似锦,自古便以花姿优美为大家所喜爱。在皇家园林中,海棠与玉兰、牡丹、桂花常搭配种植,以取"玉棠富贵"的美好寓意。

油桐花 拆桐花烂漫

木兰花慢·拆桐花^①烂漫

［北宋］柳永

拆桐花烂漫^②，乍疏雨、洗清明^③。
正艳杏^④烧林，缃桃绣^⑤野，芳景如屏。

注释

①桐花：油桐花。
②烂漫：形容颜色鲜艳。
③清明：雨后清新的样子。
④艳杏：艳丽的红杏。
⑤绣：装扮。

译文

　　油桐花开得绚丽烂漫，一阵小雨刚过，郊野如同洗过一般清新。
　　艳丽的红杏长满了枝头，浅红色的缃桃花装扮着郊野，美丽的景色就如同一面画屏。

　　油桐为油桐属落叶小乔木，植株高可达 10 米，光滑的树皮呈灰色，枝条粗壮，卵状心形的叶片硕大，叶柄几乎与叶片等长。油桐为雌雄异花同株，白色的油桐花瓣有明显的淡红色纹路。早春时节，油桐花恣意盛开，远看山间枝头一片雪白，近看一簇簇桐花缀满枝头，极其绚烂。花期结束，朵朵桐花便像下雪般纷纷落下，结出一个个光滑圆润的球形小果实，里面有 3 ~ 4 颗种子。油桐种仁含油量高，为重要的工业用油之一，具有耐腐蚀、不透水等多种性能。明朝时，南京附近还建有世界最大的油桐种植园。郑和下西洋的宝船在制作船帆、上漆等多种工序中就曾用到桐油。

名　　称：油桐
花　　期：3—4月
果　　期：8—9月
别　　名：虎子桐、三年桐等
分布地区：中国、越南

桐油的各种用处

　　油桐种子榨取的桐油是一种古老的植物涂料。在古代，桐油不仅能当灯油使用，还是防腐、防潮、防渗的重要材料之一，比如传统油纸伞的制作就离不开桐油。除了榨油，油桐的种子还可以用来制造油漆、颜料、油墨等。

文学作品里的"碧桃"

　　桃原产于我国。在我国的古典文学作品中,"碧桃"最早见于汉武帝遇见西王母的神话故事。相传,西王母被汉武帝的求道之心感动,便乘着云彩来到了皇宫,给了他四颗青色的仙桃。

名　　称:碧桃
花　　期:3—4月
果　　期:8—9月
别　　名:千叶桃花
分布地区:世界各地

虞美人·碧桃天上栽和露

[北宋]秦观

碧桃①天上栽和露,不是凡花数②。
乱山深处水萦(yíng)回③,
可惜一枝如画为谁开?

注释

①碧桃:一种观赏桃花。这里指仙桃,借以赞颂主人的宠姬碧桃。
②数:辈。
③萦回:盘转回旋。

译文

天上的碧桃用露珠滋养,不同于人间的百花。
乱山之中,水流回旋,这一枝如画般美丽的碧桃,是为谁开的呢?

一般来说,桃花大多为单瓣,但碧桃不一样。观赏桃花类的半重瓣、重瓣品种,都称为碧桃。碧桃花娇艳丰腴,其中以红花红叶碧桃、白红双色碧桃等最为常见。碧桃为落叶小乔木,高可达8米,暗红褐色树皮如鳞片般粗糙,树冠开阔平展,叶片先端尖,边缘呈锯齿状。鲜艳的碧桃花先于叶开放,花朵单生,花柱几乎与花蕊等长。其品种繁多,开花时各具特色,不论丛植、孤植都有极高的观赏价值。花期结束,随品种不同结出卵形、扁圆形果实。果实成熟,果肉或白或黄,酸甜多汁。不过,碧桃之美不在食用,而在于欣赏。

桂花

碧梧初出,桂花才吐

鹊桥仙·碧梧初出

[南宋] 严蕊

碧梧初出①,桂花才吐②,池上水花③微谢。
穿针人在合欢楼,正月露、玉盘④高泻。

①初出:刚刚新长出。
②吐:露出花蕊。形容桂花盛开的样子。
③水花:荷花。
④玉盘:月亮。

梧桐萌发新叶,桂花刚刚吐蕊,池塘中的荷花微微凋谢。

正在合欢楼中穿针引线的人啊,此时月光下白露初凝,抬头就能望见高悬的明月流泻着光华。

桂花为木樨科常绿小乔木或灌木,四季常青。椭圆形叶片常对生;桂花簇生于叶腋间,花朵繁茂,并散发阵阵馨香。桂花品种繁多,有丹桂、银桂、四季桂等。丹桂与四季桂花期结束后,便结出紫黑色核果,称为桂子。桂花树枝繁叶茂,馥郁清香,且经冬不凋,极具观赏价值。在古代,"桂"为"百药之长",桂花、桂子、树根都能入药。桂花不仅能制作桂花糕、糖果,还能酿酒。汉代时,桂花酒地位极高,敬神祭祖时必不可少。桂花寓意吉祥、美好,现为桂林、杭州、威海等市市花。

名　　称：桂花
花　　期：9—10月上旬
果　　期：翌年3月
别　　名：岩桂、九里香等
分布地区：中国、印度等

散发着香气的桂皮

　　桂皮是我国的传统香料之一。据说在秦汉时期，我们的祖先就已经开始用桂皮烹饪肉食。桂皮，一般由肉桂的老树皮制作而成，它的香气虽然非常强烈，但会随着时间的流逝而变淡。另外，桂皮还是一味常见的中药材，经常被用于治疗食欲不振、消化不良等症。

名　　称：牵牛花
花　　期：7—9月
果　　期：8—10月
别　　名：喇叭花
分布地区：温带和亚热带

"勤娘子"——牵牛花

牵牛花对光线的敏感度很高，阳光充足时，花朵才会盛开，一旦光线变暗，花朵就会自动蜷缩起来，所以它常在早晨开放，晚上闭合。在人们看来，牵牛花每天都会早早开放，很晚才休息，非常勤劳，所以又称它为"勤娘子"。

鹧鸪天·竹引牵牛花满街

［南宋］刘锜（Qí）

竹引牵牛花满街。疏篱①茅舍月光筛。琉璃盏②内茅柴酒，白玉盘中簇豆梅③。

①疏篱：稀疏的篱笆。
②琉璃盏：由琉璃做成的精美器皿。
③豆梅：青梅。

  牵牛花沿着竹子向上爬，爬得满大街都是。在稀疏的篱笆、小小的茅屋上，有斑驳的月光漏下。
  琉璃酒杯内装着村民酿的酒，白玉盘里盛着一小堆青梅。

  牵牛为一年生缠绕草本植物。它们的花朵宛如可爱的小喇叭，因此又叫喇叭花。牵牛花品种繁多，花朵颜色多样，有蓝色、粉色、紫色等。牵牛长速极快，一旦找到可攀附的物体，便迅速向上攀爬。不论是在道边河谷，还是庭院灌丛，它们都能顽强生长。有趣的是，在花青素的作用下，牵牛花还会"变魔术"，从而呈现出不同的色彩，如早上开花时"穿"蓝色衣裳，傍晚时便成了红色衣裳。有时候，即使同一株牵牛花，也能开出两种不同颜色的花朵。因平凡的牵牛花执着地朝开夕落，大家便赋予它积极向上的美好寓意。

第四篇

嘉果篇

葡萄 高楼下、蒲萄深碧

满江红·寄鄂州朱使君寿昌

［北宋］苏轼

江汉西来，高楼^①下、蒲萄^②深碧。
犹自带、岷峨^③雪浪，锦江春色。

注释

①高楼：指黄鹤楼。
②蒲萄：葡萄。
③岷峨：指岷山与峨眉山。

译文

长江、汉江从西边奔流而来，登上黄鹤楼远望，江水如葡萄般碧绿。

这两条大江好像带着岷山和峨眉山融化的雪水浪花，这便是锦江的春天之景。

葡萄绿色的叶片好似手掌一般，叶柄细长。圆锥形花序上开 5 片花瓣的黄绿色小花。花期结束，便长出或呈球形，或呈椭圆形的浆果，大小、色泽随品种不同而不同。葡萄酸甜可口，味美多汁，不仅营养丰富，还是酿酒的主要原料，其果皮上有大量酵母附着，十分适合自然发酵。我国栽培葡萄历史悠久。早在先秦时，葡萄种植、酿酒技术就在西域传播，自张骞通西域后，中原人民也大力种植葡萄并酿酒。与葡萄有关的文化发展起来，除了诗词歌赋，葡萄和葡萄酒还多次出现在文书、方志等作品中。

名　　称：葡萄
花 果 期：5—9月
别　　名：草龙珠、山葫芦等
分布地区：世界各地

葡萄干与荫房

　　在我国一些地区，比如吐鲁番，人们会专门搭建一种用来晾制葡萄干的生土建筑——荫房。因为荫房的墙壁上留有许多方形孔，所以它看起来很像一个大蜂巢。每年夏季，都有大量的新鲜葡萄被挂在荫房里面，等待阳光带走它们多余的水分。

名　　称：荔枝
花　　期：春季
果　　期：夏季
别　　名：离枝、丹荔等
分布地区：中国

一骑红尘妃子笑

相传，杨贵妃非常喜欢吃岭南的荔枝，于是唐玄宗命人骑着快马，将荔枝从岭南送到长安。途中，驿卒不惜跑死了几匹快马，才将新鲜的荔枝送到皇宫中，献给杨贵妃品尝。杜牧有诗云："一骑红尘妃子笑，无人知是荔枝来。"因此，荔枝也被称为"妃子笑"。而且，由于杨贵妃的喜爱，荔枝也风靡于当时的上流社会。

定风波·荔枝

［北宋］黄庭坚

晚岁监州①闻荔枝。赤英②垂坠压阑枝。
万里来逢芳意歇。愁绝。满盘空忆去年时③。

①监州：官名，即通判。
②赤英：荔枝果实。
③去年时：去年这个时候。

  岁暮时，监州听说荔枝成熟的时候，红色的果实压低了稀稀落落的树枝。

  我从很远的地方来到这里，却发现荔枝已凋零了，真是令人无比忧愁，只能追忆去年品尝荔枝的情景。

  荔枝为常绿乔木，十分秀美。荔枝的果皮有鳞斑状突起，果肉宛如凝脂，鲜美多汁。荔枝营养丰富，含有对人体有益的葡萄糖、蛋白质及多种维生素等，但不能过量食用。鲜为人知的是，荔枝壳还能用来调制香料。宋仁宗后宫的张贵妃调香时不用龙涎、麝这类名贵香料，只用荔枝壳就能调制出别具一格的熏香。

枇杷

相扶入东园，枇杷熟

满江红·山居即事

［南宋］辛弃疾

若要足时今足矣，以为未足①何时足。
被野老②、相扶入东园③，枇杷熟。

注释

①未足：不知足。
②野老：乡野老人。
③东园：园圃。

译文

如果知足，眼前的一切足以使人满足；如果不知足，究竟何时才能得到满足。

几位老农邀请我到园圃中看看，说枇杷已经熟了。

枇杷植株俊秀挺拔，高可达 10 米。在世界范围内，约有 30 种枇杷属植物，我国有 13 种，其中以可当作水果食用的枇杷最为人所熟知。枇杷在寒冷的季节开花，顶生毛茸茸的圆锥形花序里，开满洁白无瑕的花朵。娇小玲珑的枇杷花中有能够分泌高浓度花蜜的蜜腺，气味芬芳，引得许多访花昆虫前来传粉。春末夏初，一颗颗黄澄澄的枇杷果便成熟了，软而多汁的果肉酸甜可口。枇杷还可以用来制作蜜饯、酿酒等，用途广泛。

历史悠久的枇杷

枇杷原产于我国西南地区，因其叶子的形状酷似琵琶而得名，其栽培历史可以追溯到西汉。我们习惯将它的果实也称为枇杷。枇杷的果实与枇杷的叶子、花朵一样，都是常见的中药材。

名　　称：枇杷
花　　期：10—12月
果　　期：翌年5—6月
别　　名：芦橘、金丸等
分布地区：中国、越南、泰国等

你听过"南橘北枳"吗？

"南橘北枳"是人们非常熟悉的成语。《晏子春秋》一书曾写道："橘生淮南则为橘，生于淮北则为枳，叶徒相似，其实味不同。所以然者何？水土异也。"意思是淮南的橘树，移植到淮北就会变成枳树，虽然它们长得相似，但结出的果实不一样，这是因为它们的生长环境发生了变化。不过，这其实是古人的误解，橘和枳是不同的两个种属。

名　　称：橘子
花　　期：4—5月
果　　期：10—12月
别　　名：黄橘
分布地区：中国

相见欢[①]·东风吹尽江梅

[南宋] 朱敦儒

东风吹尽江梅[②]。橘[③]花开。
旧日[④]吴王宫殿、长青苔。

注 释

①相见欢：词牌名，又名《乌夜啼》《月上瓜洲》等。
②江梅：一种野生的梅花。
③橘：橘子树。
④旧日：曾经。

译 文

春风把江梅的花都吹落了，而橘子树这时才刚刚开花。
曾经的吴王宫殿，现在长满了青苔。

橘子 东风吹尽江梅。橘花开

橘树为芸香科柑橘属常绿小乔木，椭圆形叶片碧绿油亮，洁白的花朵或单生，或2～3朵簇生一处，花柱细长，散发出阵阵幽香。花期结束，便结出一个个翠绿可爱的果实。果实成熟后，随品种不同，果皮呈现出淡黄、深红等不同的颜色。橘肉入口甘甜爽口。我国为橘子原产地。屈原写有《橘颂》一文，赞美它不凡的品格。橘子还能加工成罐头、果汁等食品。橘皮入药后，称为"陈皮"，有止咳、化痰等功效。

樱桃

红了樱桃，绿了芭蕉

一剪梅·舟过吴江

［南宋］蒋捷

何日归家洗客袍，银字笙调，心字香②烧。流光③容易把人抛，红了樱桃，绿了芭蕉。

注释

①银字笙：管乐器的一种。
②心字香：熏炉里心字形的香。
③流光：指时光流逝。

译文

　　哪一天能结束漂泊，回到家乡呢？那时，我会调弄银字笙，点燃熏炉里的盘香。

　　时光流逝得太快，让人追赶不上，樱桃才刚刚变红，转眼间芭蕉就绿了。

　　樱桃树高可达 6 米，叶片为长圆状卵形，边缘锯齿尖利，叶柄覆有稀疏的绒毛。它喜温暖、潮湿的环境，在肥沃、疏松的沙壤土中长势良好。晶莹剔透的樱桃品种繁多，有红灯、早红、黄蜜等几十个品种。樱桃营养丰富，含人体健康所必需的维生素、磷、铁、钾等。其中，尤以维生素 C、铁元素含量最高，有"天然维生素 C 之王"的美誉。经常食用樱桃不但能有效预防缺铁性贫血，还能增强体质，美容养颜。

樱桃有什么用处？

除了食用，新鲜的樱桃还有许多用处。比如：在一些地方，人们会特意将樱桃做成果酱储存，享受与鲜食不同的风味；樱桃还可以用来酿酒，樱桃白兰地就是用一种特殊的酸樱桃蒸馏而成的；因为富含维生素C，樱桃还经常被加工成各类保健品。

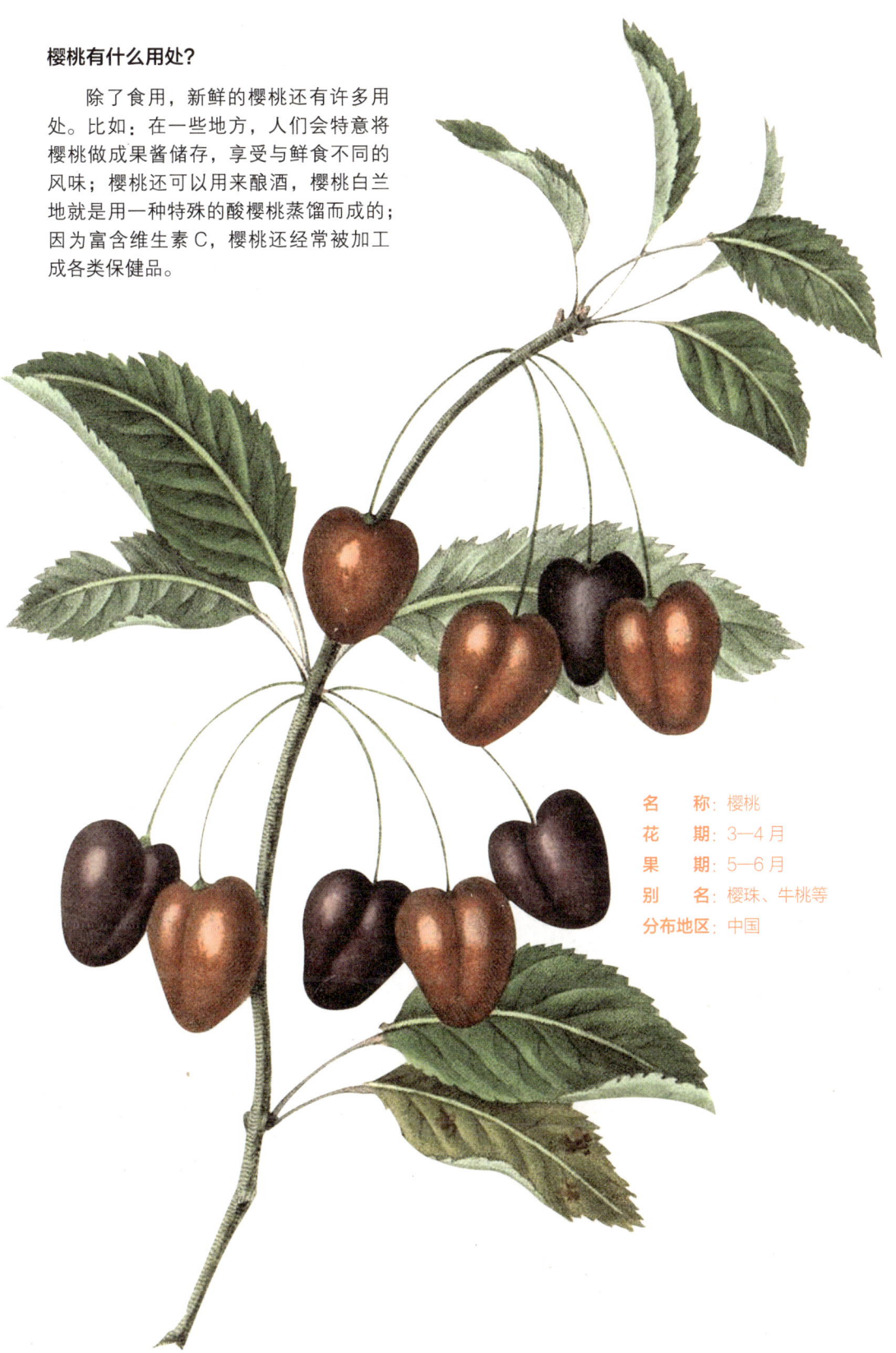

名　　称：樱桃
花　　期：3—4月
果　　期：5—6月
别　　名：樱珠、牛桃等
分布地区：中国

古代文化里的石榴

在中国，石榴自古便被视为吉祥之物，象征着多子多福，我们至今仍能在许多古建筑上见到石榴图案。然而在古希腊，人们却将石榴称为忘忧果，认为它产自冥界，人们吃了它之后就会忘记前尘往事。

名　　称：石榴
花　　期：5—7月
果　　期：9—10月
别　　名：安石榴、丹若、山力叶等
分布地区：温带、热带地区

乌夜啼·石榴

[南宋]刘铉

垂杨影里残红。甚匆匆。只有榴花①、全不怨东风。暮雨急②。晓鸦湿。绿玲珑。比似③茜裙④初染、一般同。

注释

①榴花：指石榴花。
②急：雨势大的样子。
③比似：好像，宛如。
④茜裙：用茜草根染成的红裙。

译文

　　垂柳的影子里落满了凋谢的花，春去夏来，时光飞逝，只有石榴花还在绽放，不怨恨东风太急。
　　傍晚突然下起了大雨。第二天早上发现，乌鸦被打湿了羽毛，绿叶变得更加鲜翠，花朵就像刚用茜草根染成的裙子一样美丽。

　　石榴为落叶灌木或小乔木，树冠呈自然圆头状。石榴夏季开花，刚开放的石榴花娇艳欲滴，好似少女羞红的脸颊，因此又称"丹若"。石榴果实为浆果，剥开石榴果皮，便能看到它有几个独立的"小房间"，酸甜可口、亮晶晶的石榴籽就"住"在每个"小房间"里。因其颜色红艳，饱满多种子，入口甘美多汁，古人其称为"千房同膜，千子如一"。石榴不仅味美，而且与古代服饰也很有渊源。古代年轻女子钟爱石榴的醉人红色，所以将裙子染成石榴花般的红色，这种颜色的裙子被称为"石榴裙"。石榴裙在唐代尤为流行，我们可以在很多古画中见到这种裙子。久而久之，很多人便以"石榴裙"来代称年轻的姑娘。当人们在形容男子被美丽的姑娘折服时，就会说他"拜倒在石榴裙下"。

枣

枣花金钏出纤纤

阮郎归① · 月棂疏影照婵娟

［南宋］周紫芝

月棂疏影②照婵娟③。闲临小玉盘。
枣花金钏出纤纤。棋声④敲夜寒。

注释

①阮郎归：词牌名。又名《醉桃源》《碧桃春》等。
②疏影：稀疏的影子。
③婵娟：月亮的别称。
④棋声：棋子落下的声音。

译文

月光透过窗棂落下了稀疏的影子。闲来无事，我临摹起月亮。
女子用纤纤玉手摘下了镂着枣花花纹的金钏。棋子落下的声音将夜晚衬得更加寒冷。

生活中，枣作为一种水果，十分常见。我国为枣的原产地，种植历史达8000年之久。枣为落叶乔木，植株高大，灰褐色树皮粗糙不平，叶片多呈卵状椭圆形。枣树开花时，一朵朵黄绿色小花挤靠在一起，形成聚伞花序。花期结束，便结出一个个青白相间的长卵圆形小果实，果实成熟变成紫红色，味道清甜。枣营养丰富，可直接食用。它还能制成蜜饯、果干等，都别具风味。此外，枣树木质坚硬，纹理细腻，不仅是极好的雕刻材料，还能造船，制作各种乐器。

用枣做游戏

"枣磨"是我国古人的一种玩具。据说,玩"枣磨"时,要先将一枚鲜枣削掉一半,使里面的枣核露出来,再用三根等长的细签插在枣上,使其立起来;接着,另取两枚鲜枣分别插于一根细竹篾的两端,再将细竹篾置于枣核尖上。之后,每个参与游戏的人都要依次用手指来拨细竹篾,使"枣磨"转圈,转的圈数越多越好。

名　　称:枣
花　　期:5—7月
果　　期:8—9月
别　　名:枣子、刺枣、贯枣等
分布地区:中国

第五篇

清蔬篇

竹笋 墙根新笋看成竹

菩萨蛮·墙根新笋看成竹

［南宋］韩元吉

墙根新笋①看成竹。青梅老尽樱桃熟。
幽墙②几多花。落红成暮霞③。

注释

①新笋：刚破土而出的竹笋。
②幽墙：幽静的墙角。
③暮霞：晚霞。

译文

墙根处新出的竹笋眼看就要长成竹子了。青梅衰败后，樱桃熟了。

幽静的墙角还剩下多少花呢？纷飞的落花就像晚霞一样。

竹笋为幼竹茎秆稚嫩的生长部分，当它们还没有破土而出，或刚冒出地面时，可作蔬菜食用，是人们喜爱的美味佳肴。虽然四季都有竹笋，但只有春笋、冬笋味道最为可口。制作菜肴时，不管凉拌、煲汤，还是煎炒，都清香爽口，别有一番风味。春笋破土后生长迅速，很快就木化成竹，因此它的采摘周期极短，是珍贵的食材之一。经研究证实，新鲜的竹笋含大量人体所需的氨基酸、糖类、维生素，有开胃健脾、增强机体免疫力等多种功效。此外，竹笋纤维素含量高，能有效促进肠道蠕动，防止便秘，因此，被誉为"天然减肥食品"。

竹笋长得有多快？

竹子的生长速度很快，有些从竹笋长成竹子只需要短短几个月。尤其是在温暖湿润的环境中，刚破土的竹笋一天就能长高约一米。不过，在竹笋长成竹子之后，它的生长速度就明显变慢了。

名　　称：竹笋
别　　名：竹肉、竹芽等
分布地区：热带、亚热带、温带地区

名　　称：黄瓜
花 果 期：夏季
别　　名：胡瓜、青瓜等
分布地区：世界各地

寿命很短的黄瓜

　　黄瓜是一年生植物，这意味着一株黄瓜只需要一年的时间就能完成从萌芽、长大、开花、结果到死亡这个过程，这就是它的生命周期。

浣溪沙·簌簌①衣巾落枣花

[北宋] 苏轼

簌簌衣巾落枣花，村南村北响缫车②。牛衣③古柳卖黄瓜。

酒困路长惟欲睡，日高人渴漫思茶。敲门试问野人④家。

注释

①簌簌：花落下的声音。
②缫车："缲"同"缫"。缫丝车，一种抽丝用的工具。
③牛衣：泛指粗麻衣服。
④野人：农夫。

译文

枣花簌簌作响地飘落在衣巾上，村南村北响起了缫丝的声音。穿着粗麻衣裳的农人坐在老柳树下叫卖黄瓜。

酒后的困意和漫长的旅途，令人昏昏欲睡。艳阳高照，我感到非常渴，想要喝一碗茶。敲敲乡野的一处院门，看看有没有人能满足我的请求。

黄瓜为一年生草本植物。黄瓜是汉朝张骞出使西域时带回来的。之后，因后赵皇帝石勒严禁使用"胡"字，胡瓜便改名为"黄瓜"。黄瓜茎、枝细长，有白色的粗糙硬毛；叶片宽大，呈五角状心脏形；开花时，雌雄同株异花。花期结束，便结出表面粗糙的长圆形果实，因其表面密生小尖刺，又名"刺瓜"。作为常见蔬菜，我们对黄瓜并不陌生，它脆嫩多汁，味道鲜美，并富含蛋白质、维生素、钙等多种营养成分，有清热消肿、生津止渴等功效。

韭菜 草草留君剪韭

摸鱼儿·酒边留同年徐云屋

[南宋] 刘辰翁

君且住①,草草留君剪韭②,前宵③正恁时候。深杯欲共歌声滑,翻湿④春衫半袖。

注释

①住:停留,别走。
②剪韭:割韭菜,指用粗茶淡饭招待朋友。
③前宵:昨晚。
④翻湿:打翻、湿透。

译文

请你暂时停留,让我为你略备一顿薄酒淡饭。回忆起昨晚与你一同欢聚的场景,把酒言欢,酣畅淋漓,泼洒出的酒打湿了我的半边衣袖。

韭菜为百合科多年生宿根草本植物,气味独特,鳞茎簇生,近圆柱状;叶片扁平细长,顶生的伞形花序由20~30朵洁白的小花组成。花期结束,便结出内含3室子房的小蒴果,每室子房内有2枚胚珠。韭菜有着极强的生命力,即使在寒冷的冬天,虽然地上部分看似枯死,等到第二年春天土表解冻后,便破土而出,生长迅速。韭菜一身是宝,叶、花、花莛都可作为蔬菜食用,种子可作药用。在中医看来,韭菜含丰富的纤维素,能有效促进肠道蠕动,是名副其实的"洗肠草"。此外,它还含维生素、矿物质等多种营养元素。不过,因粗纤维不易被人体消化吸收,若过量食用韭菜,则很容易刺激肠壁,引起腹泻。

名　　称：韭菜
花果期：7—9月
别　　名：草钟乳、起阳草、扁菜等
分布地区：世界各地

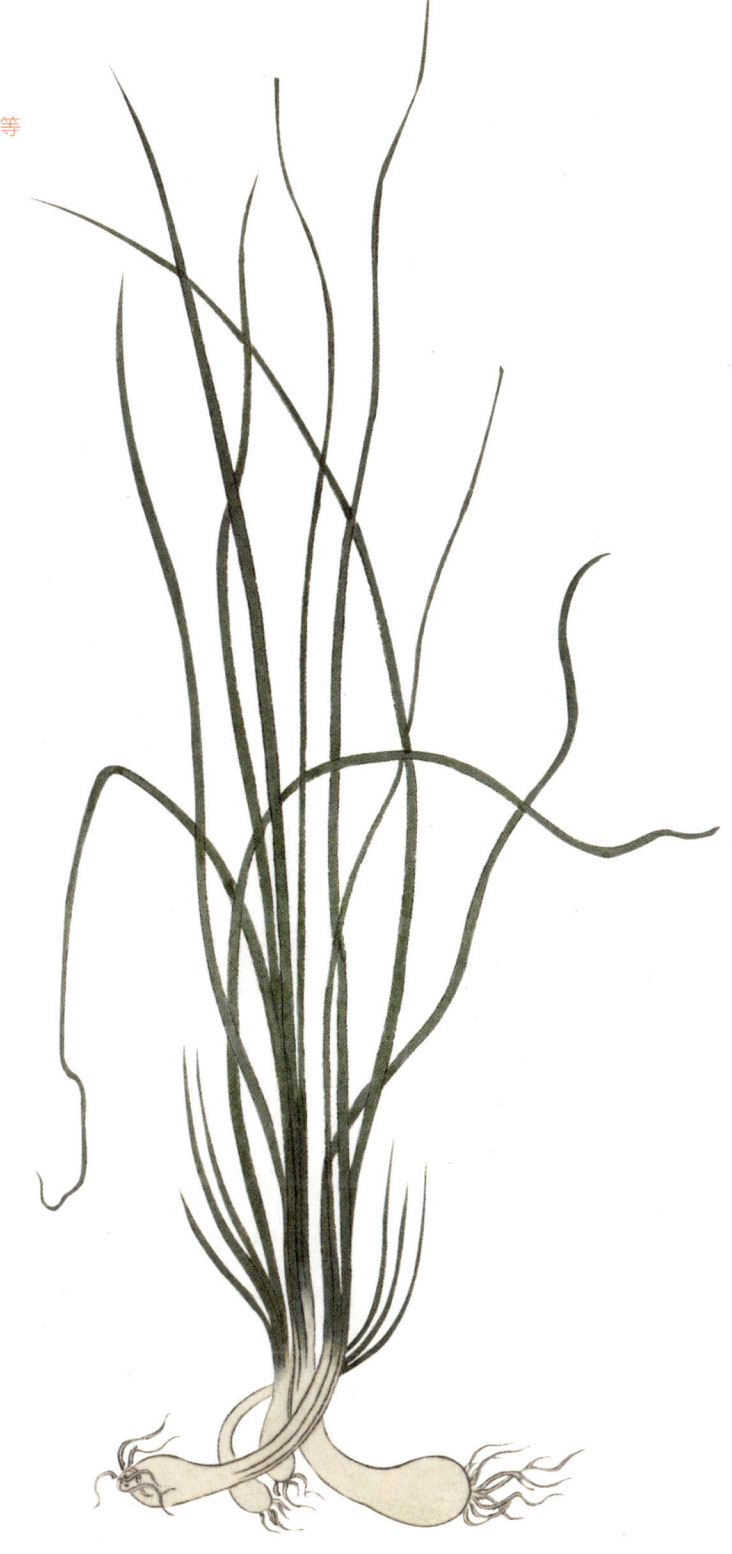

韭菜也要"冬眠"？

虽然韭菜看起来柔柔弱弱的，但它能存活很多年，尤其是为了平安过冬，它还掌握了一项非凡的技能——"冬眠"。当天气变冷，为了不被冻死，韭菜的地上部分会停止生长，而这部分的营养会回流到根部进行储藏。这时，韭菜虽然不再长高、长大，但实际上还维持着微弱的生命活动。

名　　称：蔓菁
花　　期：3—4月
果　　期：5—6月
别　　名：芜菁、大头菜、圆菜头等
分布地区：世界各地

蔓菁和芥菜有什么关系？

　　蔓菁和芥菜都属于十字花科芸薹属，它们的块根和叶子都可以食用，具有一定的营养价值和药用价值。

望江南·暮春

[北宋] 苏轼

微雨①过，何处不催耕②。百舌③无言桃李尽④，柘林深处鹁鸪鸣。春色属芜菁⑤。

注释

①微雨：小雨，绵绵细雨。
②催耕：抓紧农时耕种。
③百舌：一种鸟，暮春时节便不再鸣叫。
④尽：凋谢。
⑤芜菁：植物名，也叫蔓菁。

译文

小雨刚下过，哪处农家不抓紧耕种？百舌鸟不再鸣叫，芬芳的桃花、李花都凋谢了，催春的鹁鸪鸟也飞进茂密的柘林深处。春天所有的美好景色，都归于眼前青青的芜菁。

蔓菁 春色属芜菁

蔓菁古称"葑"，为二年生草本植物。蔓菁茎部直立，高可达1米。绿色叶片长而狭窄，边缘浅裂，呈波浪形，裂片越往下越小，宛如琴状，具少许白色小刺毛。春季时，蔓菁开鲜黄色小花，块状肉质根或呈球形或呈扁圆形。蔓菁嫩叶与肉质根都能作蔬菜用，它富含人体所必需的多种营养元素，如钙、维生素等。蔓菁做法多样，既能加白糖生食，也能炒食，都别具风味。

葫芦

葫芦却缠葫芦倒

渔家傲·踏破草鞋参到了

[北宋]黄庭坚

何处青旗夸酒好。醉乡路上多芳草。提著葫芦② 行未到。
风落帽。葫芦却缠葫芦倒③。

注释

①青旗：酒幡。
②葫芦：酒葫芦。装酒的容器。
③倒：摔倒。

译文

是哪个店家挂着酒幡，在夸奖自己的酒香？醉着走在乡间的路上，路边长满了茂盛的青草，我提着酒葫芦走了许久，还没有走到那里。

风把我的帽子吹落在地，酒葫芦却把我缠倒了。

葫芦为一年生攀缘草本植物，夏季开洁白小花，雌雄同株。花期结束，便结出毛茸茸的绿色小果实，后逐渐变成白色或黄色。果实随品种不同而不同，有的呈哑铃状，有的呈扁球形，有的宛如"8"字形……葫芦在温暖、湿润的环境中长势最好，幼苗不耐冻。新鲜的葫芦皮翠绿欲滴，果肉洁白，自古便作为蔬菜食用，味道鲜美可口。葫芦含钙、维生素等多种营养物质，吃法多种多样，炒食、腌制、烧汤，无不香飘四溢。不过，葫芦一定要嫩时食用，一旦成熟便滋味全无。古人喜欢将成熟的葫芦晒干后，将其内部掏空，用来装水、酒等液体。

名　　称：葫芦
花　　期：6—7月
果　　期：9—10月
别　　名：抽葫芦、壶芦、蒲芦等
分布地区：中国、印度等

用葫芦制作的乐器

　　葫芦原产于印度，目前在中国各地均有栽培。由于它的果实挖空后，内部可以形成一个相对封闭的空间，云南少数民族便使用它和三根竹管、三枚金属簧片制作出一种外形奇特的乐器——葫芦丝。

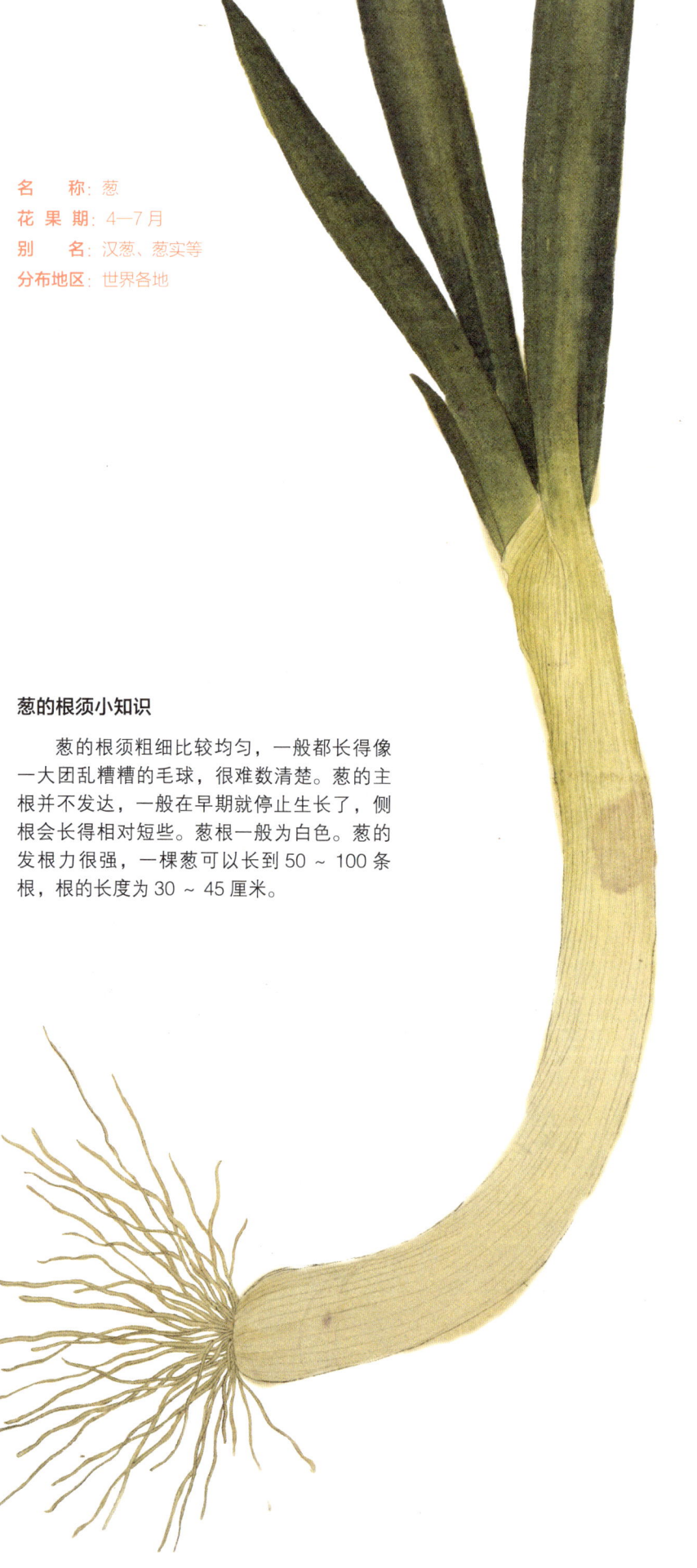

名　　称：葱
花 果 期：4—7月
别　　名：汉葱、葱实等
分布地区：世界各地

葱的根须小知识

　　葱的根须粗细比较均匀，一般都长得像一大团乱糟糟的毛球，很难数清楚。葱的主根并不发达，一般在早期就停止生长了，侧根会长得相对短些。葱根一般为白色。葱的发根力很强，一棵葱可以长到50～100条根，根的长度为30～45厘米。

如梦令·寄蔡坚老

[南宋]赵长卿

居士①年来病酒。肉食百不宜口。蒲合②与波薐（léng）③，更着同蒿④葱韭。亲手。亲手。分送卧龙⑤诗友。

注释

①居士：赵长卿自号仙源居士。
②蒲合：又名水烛，嫩芽可以食用。
③波薐：菠菜。
④同蒿：茼蒿。
⑤卧龙：指志同道合的人。

译文

我因饮酒过量生病了，需要忌口。肉类不宜多吃，还是吃一些蔬菜比较有益，蒲合、菠菜，还有茼蒿、葱、韭菜等，大多是我亲手栽种的，可以分给志同道合的诗友一起吃。

葱　更着同蒿葱韭

葱原产于中国，是多年生草本植物。葱圆柱状鳞茎单生，鳞茎外皮或洁白如玉，或呈淡红褐色。圆筒状翠绿叶片中空，球状花序呈伞形，细长的花柱伸出花被外。葱富含维生素、蛋白质等多种营养物质，有散热、祛痰、抗菌、促消化等功效。

荠

春入平原荠菜花

鹧鸪天·游鹅湖①醉书酒家壁

[南宋] 辛弃疾

春入平原荠菜花,新耕雨后落群鸦。
多情白发春无奈,晚日②青帘③酒易赊。

注释

①鹅湖:山名,亦为书院名。
②晚日:夕阳。
③青帘:酒家门口挂的幌子。这里指酒家。

译文

　　春天来到平原之上,催开了白色的荠菜花。田地刚刚翻完土,又适逢春雨落下,雨后一群乌鸦落在田里觅食。
　　满腹的愁绪染白了这一头多情的青丝,纵使春色也拿它没有办法,只好在日落时到酒家赊酒喝。

　　荠菜为一年生或二年生草本植物。荠菜嫩叶作为蔬菜食用,有着极高的营养价值。荠菜谐音"聚财",大家便赋予它聚财纳福的美好寓意,有"野菜皇后"之誉。荠菜白色主根又瘦又长,茎秆直立,基生叶丛生呈莲座状。荠菜生命力顽强,只要有充足的阳光就能长势良好。荠菜味道可口,含糖类、蛋白质、维生素等多种营养物质,既可直接焯水凉拌、炒食,也能剁馅包饺子,无不别具风味。

荠菜吃起来真是甜的吗？

虽然在很多古典文学作品中，文人墨客总说荠菜是甜的，但实际上，大多数品种的荠菜吃起来是苦的，并且不同品种的苦味还不一样。这是因为荠菜含有多种具有一定苦味的成分，比如鞣（róu）酸等。

名　　称：荠菜
花 果 期：4—6月
别　　名：地米菜、护生草等
分布地区：世界温带地区

名　　称：茴香
花　　期：5—6月
果　　期：7—9月
别　　名：怀香、小茴香
分布地区：世界各地

茴香可以被做成很多美食

　　茴香具有独特的气味，让很多人无法接受，也让很多人喜欢得不得了。除了中国，在欧洲一些国家，人们也会将茴香当作一种食材，将它拌入沙拉，放进炖菜，或者用来泡茶、酿酒。

生查子·药名闺情

[北宋] 陈亚

分明记得约当归①,远至②樱桃熟③。
何事菊花时,犹未回乡④曲?

注释

①当归:中药名。此处指应该回家。
②远至:同中药名"远志"。此处指最迟到……
③樱桃熟:樱桃红熟之时,即初夏。
④回乡:茴香。此处指回家的信息。

译文

　　我清楚地记得你我约好了回家的时间,最迟到樱桃成熟的时候。
　　现在菊花都开了,我为什么还没有收到你将要回家的消息呢?

茴香　犹未回乡曲

　　茴香是多年生宿根草本植物,伞形科。茴香具芳香气味,茎直立,多分枝。花为黄色,呈倒卵形或近倒卵形。栽培品种有小茴香、大茴香和球茎茴香。茴香喜温暖,原产于地中海地区。茴香的嫩茎和嫩叶可作香辛蔬菜,果实既可作香料,也可入药。

白菜

自种畦中白菜

朝中措①·先生馋病老难医

[南宋] 朱敦儒

先生馋病老难医②。赤米③餍（yàn）晨炊。
自种畦中白菜，腌成瓮（yōng）里黄齑（xiè）。

注释

①朝中措：词牌名，又名《芙蓉曲》《梅月圆》等。
②难医：很难治好。
③赤米：一种粗粮，又称桃花米。

译文

先生贪吃的毛病到老了也没医好。早上才吃饱了赤米饭。
将自己亲自在田里种的白菜，腌成搭配早饭的薤菜。

　　白菜是我们经常食用的重要蔬菜，我国为白菜原产地。白菜栽培历史悠久，西安半坡遗址就曾有白菜籽出土。白菜在生长过程中，叶心见光后，乳白色的叶心会逐渐变得翠绿，抽生的薹茎上还会开出金黄如油菜花的小花。别看白菜其貌不扬，功效却不容小觑。白菜含粗纤维、维生素等多种营养物质，具有清热解毒、消食健胃等功效。

名　　称：白菜
花　　期：5月
果　　期：6月
别　　名：大白菜、黄芽白、菘等
分布地区：亚洲地区

白菜的名字来自何处？

在南北朝时期，白菜就已经成为我国南方常食用的蔬菜。早在汉朝，张仲景的《伤寒杂病论》就对白菜的营养价值有所记述。宋朝诗人苏东坡曾写道"白菘类羔豚，冒土出熊蹯"，以此来赞美白菜的味道鲜美，堪比羊羔和熊掌。

宋词博物课

手 | 绘 | 图 | 鉴 | 版

动物卷

邢欣 编著

·北京·

图书在版编目（CIP）数据

宋词博物课：手绘图鉴版 . 动物卷 / 邢欣编著 .
北京：中国经济出版社，2025.2.（2025.9 重印）— ISBN 978-7-5136-7878-0

Ⅰ . I207.23

中国国家版本馆 CIP 数据核字第 2024GT0819 号

策划编辑　龚风光　张娟娟
责任编辑　张娟娟
责任印制　李　伟
封面设计　仙　境

出版发行　中国经济出版社
印　刷　者　三河市嘉科万达彩色印刷有限公司
经　销　者　各地新华书店
开　　　本　787mm×1092mm　1/16
印　　　张　7
字　　　数　79 千字
版　　　次　2025 年 2 月第 1 版
印　　　次　2025 年 9 月第 2 次
定　　　价　158.00 元（全三卷）
广告经营许可证　京西工商广字第 8179 号

中国经济出版社　网址 www.economyph.com　社址 北京市东城区安定门外大街 58 号　邮编 100011
本版图书如存在印装质量问题，请与本社销售中心联系调换（联系电话：010-57512564）

版权所有　盗版必究（举报电话：010-57512600）
国家版权局反盗版举报中心（举报电话：12390）　　服务热线：010-57512564

目录

第一篇　飞鸟篇

翡翠鸟	可怜翡翠随鸡走	002
隼	画隼横江喜再游	005
鹩哥	得人怜，秦吉了	006
孔雀	越禽声里春光晓	009
鸬鹚	病来止酒，辜负鸬鹚杓	010
杜鹃	杜宇声声不忍闻	013
苍鹰	左牵黄，右擎苍	014
斑鸠	鸣鸠乳燕春闲暇	017
沙鸥	分付与沙鸥	018
野鸭	鹜落霜洲	021
麻雀	鸟雀呼晴，侵晓窥檐语	022
锦鸡	忽拼与、山鸡僝僽	025

燕子	莫将社燕笑秋鸿	026
大雁	雁字回时，月满西楼	029
喜鹊	忍顾鹊桥归路	030
乌鸦	鸦啼金井寒	033
白鹭	西塞山边白鹭飞	034
鸳鸯	两岸鸳鸯两处飞	037
鸭	徐熙小鸭水边花	038
公鸡	欹眠似听朝鸡早	041
天鹅	双黄鹄，两鸳鸯	042

第二篇　走兽篇

| 獐 | 野麋丰草，江鸥远水 | 046 |
| 老鼠 | 梦破鼠窥灯 | 049 |

犀牛	心有灵犀一点通 ———	050
猪	鸡豚社酒，相劝老东坡 ———	053
豺	恐豺狼当辙 ———	054
麝鹿	荔颊红深，麝脐香满 ———	057
虎	谁信轻鞍射虎 ———	058
骆驼	驼褐寒侵，正怜初日 ———	061
紫貂	游客解金貂 ———	062
狼	豺狼敢横道 ———	065
猕猴	猿猱闻鼓不须呼 ———	066
松鼠	静坐时看松鼠饮 ———	069

第三篇　游鱼篇

鳜鱼	夕阳长送钓船归。鳜鱼肥 ———	072
鲈鱼	秋晚莼鲈江上 ———	075
比目鱼	比目鱼儿翻翠藻 ———	076
鲤鱼	珠粳锦鲤 ———	079
鲫鱼	龙湫山下鲫鱼肥 ———	080
金鱼	太湖石畔看金鱼 ———	083

第四篇　爬虫篇

蟋蟀	蟠蟀思高秋 ———	086
蝉	寒蝉凄切，对长亭晚 ———	089
蚱蜢	只恐双溪舴艋舟 ———	090
萤火虫	扇子扑飞萤 ———	093
蝴蝶	相伴蝶穿花径 ———	094
蚕	愁似茧丝千绪 ———	097
纺织娘	隔篱娇语络丝娘 ———	098
蚂蚁	王侯蝼蚁，毕竟成尘 ———	101
蜻蜓	点水蜻蜓避燕忙 ———	102
蜣螂	朝朝只在尘中 ———	105

第一篇

飞鸟篇

翡翠鸟 可怜翡翠随鸡走

木兰花令·可怜翡翠随鸡走

[北宋]黄庭坚

可怜翡翠①随鸡走，学绾双鬟②年纪小。
见来行待恶怜伊，心性娇痴③空解笑。

注释

①翡翠：一种鸟名。
②双鬟：此处借指少女。
③娇痴：天真可爱，不谙世事。

译文

　　可爱的翡翠鸟跟着鸡走来走去，年幼的女孩在学习如何绾双鬟。
　　以后谁会成为非常疼爱你的人呢？你如此天真可爱，总在傻傻地笑着。

　　翡翠鸟因羽毛如翡翠般莹亮而得名。尤其是蓝翡翠鸟，从北到南，分布范围最为广泛。翡翠鸟喜欢在平原或山麓多树的溪旁栖息。一到繁殖期，翡翠鸟便喜欢高声鸣叫，响亮清脆的叫声宛如悠扬的笛声。翡翠鸟主要以鱼、虾、蟹和昆虫为食，偶尔也吃野生果实。它们每窝产4～7枚近似于圆形的、洁白的卵。翡翠鸟羽色鲜艳，华丽异常，不仅可供观赏，还可用作装饰。清代时，翡翠鸟的羽毛十分珍贵，翠蓝色的羽毛进入宫廷后，妃嫔们爱不释手。

翡翠鸟出人意料的食谱

　　翡翠鸟属于翠鸟科,不同种类的翡翠鸟喜欢吃不同的食物。多数翡翠鸟以捕食鱼虾、昆虫为主,蓝翡翠鸟还喜欢吃蜥蜴、青蛙等动物。

名称:翡翠鸟
别名:蓝翠毛、黑帽鱼狗等
食性:杂食性
习性:喜沼泽、水池、红树林等地

名称：隼
别名：鹘
食性：肉食性
习性：善飞行，喜单独活动

什么是猛禽？

实际上，任何一种可以捕食另一种生物的鸟都可以被称为猛禽。这些凶猛的鸟大多长着短而尖锐的嘴，以及锋利有力的爪子。在某些情况下，它们甚至可以用爪子直接杀死猎物。在大自然中，不仅有大型猛禽，比如金雕、游隼、老鹰等，还有小型猛禽，比如燕隼、红隼、雀鹰等。

浣溪沙·即事

［北宋］苏轼

画隼①横江喜再游。老鱼跳槛识清讴②。流年未肯付东流。
黄菊篱边无怅望，白云乡里有温柔。挽回霜鬓③莫教休。

①画隼：这里指游船。
②清讴：清亮的歌声。
③霜鬓：两鬓的白发。

画船横在江中，我因再次畅游旧地而感到欢乐。老鱼听到清亮的歌声跳上了船。不能让美好的年华像江水一样向东流逝。

在菊花盛开的篱笆旁边，我惆怅地眺望着，白云缭绕的仙境里住着美丽的仙女。我把两鬓的白发挽起来，不再让它掉落。

在鸟类错综复杂的食物链中，隼处于最顶端。作为猛禽，隼喜欢白天活动，极擅飞行。虽然金雕已足够凶猛，但隼家族的游隼依然敢向它挑衅。尾羽较短的游隼有保护眼球不受伤害的特殊眼睑，向下直线俯冲时，身体所受阻力远小于其他鸟儿，说它是世界上俯冲速度最快的鸟毫不为过。隼的视力极好，雌鸟通常比雄鸟体形大。在古代，隼以勇猛刚毅深受皇室喜欢。据记载，早在宋真宗时期，皇室就已经开始大量豢养隼，以彰显帝国繁荣。

鹩哥 得人怜，秦吉了

千年调·卮酒向人时

[南宋] 辛弃疾

学人言语①，未会②十分巧。
看他们，得人怜③，秦吉了④。

注释

①言语：原指说话，这里指应酬的场面话。
②未会：没有学会。
③得人怜：讨人喜欢。
④秦吉了：鹩哥，一种能学人说话的鸟。

译文

虽然我也学别人讲场面话，但我没能完全学到其精髓。瞧他们真会讨人喜欢，就像是能学人说话的鹩哥。

鹩哥是著名观赏类鸣禽，因主要产于秦中，所以也被称为秦吉了。鹩哥主体为黑色，厚厚的嘴呈弯曲状，从眼睛到头部后侧有两片鲜黄色的肉质垂片，强而有力的翅膀在飞翔时能看见明显的白斑。鹩哥雄鸟、雌鸟体色相差无几，从外形上很难分辨。在古代，人们就已经发现它音色优美、婉转动听，而且可以模仿百灵、杜鹃等各种鸟儿的叫声，甚至还能学一些简单的人类语言，因此深受人们喜爱。鹩哥喜欢生活在温暖的南方，天生胆小，喜欢安静的环境，以各种小昆虫、小浆果等为食。因自然环境的恶化与人们过度捕捉，现在野生鹩哥的数量十分稀少。

名称：鹩哥
别名：秦吉了
食性：杂食性
习性：喜安静，善效鸣

鹩哥分布在中国的哪些地方？

　　因为鹩哥是一种非常受欢迎的观赏鸟，所以它们经常会被人捕捉，到市场上贩卖。目前，生活在中国的野生鹩哥主要分布在云南、广西南部和海南一带，其中有些是留鸟，有些是夏候鸟。

名称：孔雀
别名：越鸟、孔鸟、南客
食性：杂食性
习性：胆小，机警，不善飞翔

孔雀为什么被称为"多眼怪兽"？

孔雀的大尾屏上，散布着许多眼状斑，这种别具一格的斑纹由很多种颜色组成，若我们长时间盯着它看，可能会出现头晕眼花的感觉。当孔雀遇到敌人来不及逃走时，它们会突然开屏，再不停地抖动尾羽，如此一来，眼状斑也乱颤乱抖。捕食者面对这个"多眼怪兽"，便不敢轻易靠近。

菩萨蛮·木棉花映丛祠小

［北宋］孙光宪

木棉花①映丛祠②小，越禽③声里春光晓。
铜鼓与蛮歌，南人祈④赛多。

注释

①木棉花：一种落叶大乔木，花朵一般为红色。
②丛祠：荒祠野庙。
③越禽：指孔雀。
④祈：求。

译文

　　木棉花掩映着荒祠野庙，孔雀声声晨鸣，报告着又一年春天来到。
　　响亮的铜鼓敲起来，好听的歌唱起来，南方人经常开展祈天赛神的活动。

孔雀 越禽声里春光晓

　　孔雀为雉科孔雀属鸟类动物。雄孔雀身长可达2米左右，有着长长的尾羽，尾羽上遍布彩色的巨大眼状斑，一旦开屏，则非常艳丽。相比美丽的雄孔雀，雌孔雀的羽毛则黯淡许多。孔雀大多喜欢生活在稀树草原、竹林、灌木丛等靠近溪流的开阔地带。它们是杂食性鸟类，无论是树叶、嫩草，还是白蚁、蝗虫，都在它们的"食谱"之上。孔雀不善飞行，叫声洪亮，行走时一步一点头，步伐轻盈又不失矫健。

蓦山溪① · 饭蔬饮水

[南宋] 辛弃疾

病来止酒,辜负鸬鹚杓②。
岁晚念平生,待都与、邻翁③细说。

注释

①蓦山溪:词牌名。
②鸬鹚杓:绘有鸬鹚图案的酒具。
③邻翁:邻居家的老人。

译文

因患病而不能喝酒,真是对不住那精美的酒具。
年老时想起自己一生中经历过的事情,一会儿都将它们讲给邻居家的老人听。

鸬鹚为食鱼游禽,体羽大多呈黑色,带有紫色的金属光泽,长而带钩的嘴对捕获鱼类、甲壳类动物等十分有利。一旦发现目标,它们便将脑袋猛扎进水中,对猎物紧追不舍。等到距离适中,便将脖子伸长,用嘴给予猎物致命一击。此时,它们的喉囊扩大呈袋子状,可以存放捕获的"战利品"。鸬鹚虽是"潜水明星",但翅膀没有"防水油",所以不能长时间待在水中,只有将打湿的翅膀晒干后,才能再次飞翔。鸬鹚有极强的飞行能力,但除了迁徙期,一般不轻易离开生活水域。

鸬鹚喜欢在哪里筑巢？

　　鸬鹚常成小群活动，这是因为一个集群的成员越多，个体成为捕食者的猎物的风险就越低。鸬鹚喜欢将巢穴建在悬崖峭壁或者树上，有时也会把家安在岩石岛屿上。

名称：鸬鹚
别名：鱼鹰、水老鸦
食性：肉食性
习性：善游泳、潜水、捕鱼等

名称：杜鹃
别名：子规、杜宇
食性：杂食性
习性：胆小，孤僻

杜鹃为什么会叫？

实际上，包括杜鹃在内的所有鸟都没有声带。不过，大部分鸟的气管与支气管交界处长有一个发声器官——鸣管。鸣管越发达、越复杂，鸟发出的声音就越多样、越婉转。

忆王孙[1]·春词

［北宋］李重元

萋萋[2]芳草忆王孙[3]。柳外楼高空断魂。
杜宇[4]声声不忍闻。
欲黄昏。雨打梨花深闭门。

注释

①忆王孙：词牌名。
②萋萋：春草茂盛的样子。
③王孙：此处指游子、行人。
④杜宇：杜鹃鸟。

译文

茂密的青草使我想起了久去不归的游子。柳树旁边的高楼里，有人终日徒劳地伫望伤神。

杜鹃鸟的啼叫，悲凄得令人不忍听闻。

眼看又将到黄昏，雨水打得梨花零落，闺门紧闭不开。

杜鹃

杜宇声声不忍闻

杜鹃种类繁多，在我国，常见的是大杜鹃、四声杜鹃。大杜鹃叫声清脆，好似在说"布谷布谷"；四声杜鹃叫声好似"割麦割谷"。杜鹃主要以松毛虫等害虫为食，本来是益鸟，但因很多杜鹃都过寄生生活，并不讨喜。它们不仅自己不筑巢，还将卵产于苇莺、黑卷尾等鸟儿的巢中，由巢主孵卵。小杜鹃出壳后，会把同巢的巢主卵或幼鸟推下去，从而吃"独食"。

江城子·密州出猎

[北宋] 苏轼

老夫聊①发少年狂，左牵黄②，右擎苍③。锦帽貂裘，千骑④卷平冈。

注释

①聊：姑且。
②黄：黄狗。
③苍：苍鹰。
④千骑：形容随从乘骑之多。

译文

我姑且抒发一下少年时的豪情壮志，左手牵着黄狗，右手擎着苍鹰。我戴着锦缎做的帽子，穿着貂皮做的衣服，带着众多随从，像疾风一般席卷了平坦的山冈。

苍鹰
左牵黄，右擎苍

苍鹰为中小型猛禽。它视觉敏锐，天性机警，善于隐藏。它双翅展开时，可长达1.3米，翅下白色。苍鹰头部呈黑褐色，白色的眉纹间杂以黑纹，背部呈棕黑色，尾部呈方形。苍鹰在白天活动，以野兔、野鸡、斑鸠等为食。捕猎时，它们常在密林间隐蔽，紧紧注视猎物，一旦时机成熟，立即箭一般俯冲过去，用一对利爪"锁"住猎物：一只利爪将其胸膛刺穿，另一只将其腹部剖开。将新鲜的内脏吃掉后，苍鹰再将血淋淋的尸体带回树上啄食。

名称：苍鹰
别名：牙鹰、黄鹰、鹞鹰等
食性：肉食性
习性：善飞行，机警，视觉敏锐

猛禽在生态系统中能起到什么作用？

在大自然中，猛禽是非常重要的存在，它们担负着调节食草动物和昆虫的数量的责任，能维护食物链的平衡。如果食草动物和昆虫的数量骤增，植物就会遭受灭顶之灾，当地的生态环境也会被破坏。

名称：斑鸠
别名：锦鸠、鹁鸪等
食性：杂食性
习性：机警，善滑翔

斑鸠和鸽子有什么关系？

因为斑鸠和鸽子都是鸠鸽科动物，所以它们具有一定的亲缘关系，长得也比较像。不过，斑鸠属于斑鸠属，而鸽子属于鸽属，二者在外形、习性上都有差别。

忆帝京[①]·黔州张倅生日

[北宋]黄庭坚

鸣鸠[②]乳燕[③]春闲暇。化作绿阴槐夏。
寿酒舞红裳，睡鸭[④]飘香麝。

①忆帝京：词牌名。
②鸣鸠：鸣叫的斑鸠。
③乳燕：刚破壳而出的小燕子。
④睡鸭：状如睡鸭的铜制香炉。

　　鸣叫的斑鸠、刚破壳的燕子，春日时光真是分外悠闲。转眼间，绿树成荫，夏天来到。
　　喝着祝寿的酒，看着美女跳舞，香炉中飘出麝香的香气。

斑鸠

鸣鸠乳燕春闲暇

　　自古以来，斑鸠便被视作吉祥鸟，有长长久久、幸福祥和等美好寓意，民间也喜欢用"鹊笑鸠舞"来表达美好祝福。斑鸠品种多，在我国，以山斑鸠最为常见。雌雄斑鸠羽色相差无几。它们常在山地、耕地、林缘等处活动，以野生果子、小昆虫、作物种子等为食。斑鸠振翅飞行时，与鸽子相似，喜欢滑翔，其叫声低沉单调。斑鸠天性警惕，喜欢将巢建在高高的大树上。

沙鸥 分付与沙鸥

水调歌头·登多景楼①

[南宋]杨炎正

都把平生意气，只做如今憔悴，岁晚若为谋②。
此意仗江月，分付与沙鸥③。

注释

①多景楼：楼名。在今江苏镇江北固山甘露寺内。
②若为谋：如何计议。
③沙鸥：江鸥。

译文

平生空有一腔意气，现在却只剩下憔悴。年老的我如何能再有作为？
把这种惆怅之情讲给江上的明月和沙鸥吧。

沙鸥为鸥科水鸟，双翅强而有力，身体粗壮结实，喙的尖端略呈钩状。沙鸥喜欢在水域附近活动，主要以水生生物为食，也喜欢追逐船只，吃渔船上的残羹剩饭。因双翅发达，沙鸥是"飞行能手"，在大风大浪中，常能见到它们迎着浪潮飞舞。在古人眼中，有着傲岸形象的沙鸥喜欢独自栖息在人迹罕至的沙洲之上，便赋予它伤感、飘零等悲凉的寓意。但也有人认为，沙鸥在空旷的天地间迎风破浪，展翅翱翔，是自由驰骋、无拘无束的象征。

什么鸟属于候鸟？

沙鸥属于候鸟，它会随季节变化定时迁徙，一年中会几次改变自己生活的地方。除了沙鸥，常见的候鸟还有很多，比如燕子、大雁、天鹅等。

名称：沙鸥
别名：鸥鸟
食性：肉食性
习性：善飞翔，喜游泳

名称：野鸭
别名：绿头鸭
食性：杂食性
习性：机警，胆小，适应性强

顽强的野鸭宝宝

野鸭宝宝属于早成鸟，也就是说，它们在破壳时就已经绒羽稠密，发育得比较成熟了。因此，它们刚出生不久就能自己照顾自己，跟着母鸭四处觅食。

倾杯①·鹜落霜洲

[北宋]柳永

鹜②落霜洲,雁横烟渚③,分明画出秋色。
暮雨乍歇。小楫④夜泊,宿苇村山驿。

注释

①倾杯:唐代教坊曲名,后用作词牌名。
②鹜:野鸭。
③烟渚:雾气笼罩的水中小洲。
④小楫:小舟。

译文

  野鸭落在覆着白霜的沙洲上,大雁横越雾霭笼罩的小渚,清楚地勾画出一幅秋景图。
  傍晚的雨才停下。一叶小舟趁夜停泊在岸边,船家寄宿在荒村驿店。

野鸭

鹜落霜洲

  广义的野鸭包括多种鸭科鸟类,狭义的野鸭指的是绿头鸭。野鸭喜结群活动,常以鱼、虾、昆虫,以及植物种子、茎叶等为食。野鸭善游水,多群栖在湖泊边。分布在我国的野鸭大多是冬候鸟。野鸭的羽毛质地轻柔、保暖性好,用鸭绒制作的羽绒服是人们喜爱的冬季保暖衣服。

麻雀

鸟雀呼晴,侵晓窥檐语

苏幕遮·燎沉香

［北宋］周邦彦

燎①沉香②,消溽暑③。
鸟雀呼晴④,侵晓⑤窥檐语。

注释

①燎:烧。
②沉香:一种名贵香料。
③溽暑:闷热潮湿的暑气。
④呼晴:唤晴。古代有鸟鸣可占晴雨之说。
⑤侵晓:天刚亮。

译文

　　焚烧沉香,来消除闷热潮湿的暑气。拂晓时分,鸟雀在屋檐下叫着,预示着天气转晴。

　　麻雀是一种常见的小型鸣禽,黑色的圆锥状喙强劲有力,背部遍布黑褐色条纹。麻雀分布广泛,在树林、沼泽、农田等处都能见到它们的身影。麻雀食性较杂,小昆虫、植物种子和果实、人类随意丢弃的各种食物,它们都吃。麻雀喜群居,天性活泼,虽胆大易近人,但警惕性很高,一旦有人靠近,便立即起飞。群聚的麻雀很团结,只要有不怀好意的入侵者,它们会毫不犹豫地群起而攻之,直到将入侵者赶走为止。

麻雀为什么喜欢跳着走路？

　　大多数鸟类都是用双脚交替着行走，可麻雀不是这样，它们是靠一双腿在平地上做"跳跃运动"。原来，这跟它们特殊的腿骨结构有关。在长期的进化过程中，麻雀的下膝关节逐渐退化，后肢的胫骨和趾骨之间没有关节臼，因而这部分关节无法弯曲，所以它们只能在地面上跳跃前进。此外，像麻雀这种体形较小的鸟类，采用跳跃前进的方式效率更高。

名称：麻雀
别名：家雀、琉麻雀等
食性：杂食性
习性：喜群居，机警，活泼胆大

锦鸡在中华传统文化中的意义

　　古代帝王冕服有"十二章"之饰，其中的"华虫"被普遍认为是红腹锦鸡。此外，锦鸡还是一种身份象征。古代二品文官的服饰图案就是锦鸡。

名称：锦鸡
别名：山鸡、金鸡
食性：杂食性
习性：善奔走，机警，胆小

鼓笛令[1]·宝犀未解心先透

［北宋］黄庭坚

小雨勒花[2]时候。抱琵琶、为谁清瘦。
翡翠金笼思珍偶。忽拼与、山鸡[3]僝僽[4]。

注释

①鼓笛令：词牌名。
②勒花：阻止开花。
③山鸡：锦鸡。
④僝僽：烦恼，憔悴。

译文

　　花儿被小雨打得迟迟未开。抱着琵琶的人啊，你是为谁如此清瘦？
　　你像在华丽的笼子里思念佳偶的翡翠鸟，又像被人舍弃的、憔悴的锦鸡。

锦鸡
忽拼与、山鸡僝僽

　　锦鸡分布于我国西南部，现有白腹锦鸡、红腹锦鸡两种。雄锦鸡羽毛艳丽，彩虹般绚丽的颜色交相辉映，流光溢彩，是著名的观赏鸟类。锦鸡喜欢在灌木丛、阔叶林等地栖息，以嫩芽、种子、果实、昆虫等为食。别看"颜值高"，它们常用厉害的脚爪解决各种纷争。求偶时，雄锦鸡将身上华丽的羽毛全部蓬松开来，就像打开美丽的折扇一般，两只小眼睛还不停地向雌锦鸡"暗送秋波"，很是有趣。

燕子

莫将社燕笑秋鸿

西江月·月仄金盆堕水

［北宋］黄庭坚

蚁穴梦魂人世，杨花[1]踪迹风中。
莫将社燕[2]笑秋鸿[3]。处处春山翠重。

注释

①杨花：柳絮。
②社燕：燕子。
③鸿：大雁。

译文

　　像梦到蚁穴变成了人间的南柯太守那样，我也似柳絮不由自主地随风飘荡，真是人生如梦啊。

　　我们如同燕子、大雁，各去要去的地方，奔忙不已，莫以彼而笑此。天下之大，到处都有翠绿的春山。

　　春天一到，燕子便格外活跃，有"春的使者"之美誉。在我国，家燕、金腰燕最为常见。每天，身形灵活的燕子都会花费大量时间捕捉蚊、蝇、青虫等害虫，因此被誉为"吉祥鸟"，历来深受大家喜爱。燕子喜欢将巢营建于树洞、岩石缝隙、屋檐等处。它们不厌其烦地衔来泥巴、草茎等材料，用唾液将其黏结，再将羽毛、杂草、棉絮等铺在巢的底部。自古以来，燕子或渲染愁绪，或表达思念之情，或寓意美好爱情，其意象之丰，远胜其他物类。

候鸟怎么判断飞行方向？

　　这一问题目前还存有争议。不过，大多数人认为不同的鸟有着不同的定位方法：有些鸟通过感应地球磁场来判断方向，有些鸟依靠太阳位置的变化来决定飞行路线，还有些鸟甚至可以牢记迁徙途中的气味，并对自己所处的位置加以判断。

名称：燕子
别名：玄鸟、拙燕
食性：以昆虫为食
习性：南北迁徙，与人亲近

在古代,为什么男方提亲时要带一对大雁?

在古代,尤其是在士族之间,当两家定下婚约后,男方的家人需要带着聘礼去女方家中下聘。而在众多聘礼中,一对大雁是必不可少的。古人认为,大雁是一种守时的动物,它会在秋天离开,又在春天回来,这恰好寓意男女双方守信不渝;大雁又是忠贞之鸟,象征新人能够白头到老、不离不弃。

名称:大雁
别名:鸿雁
食性:杂食性
习性:南北迁徙,喜群居

一剪梅① · 红藕香残玉簟秋

［南宋］李清照

红藕②香残玉簟③秋。轻解罗裳，独上兰舟④。云中谁寄锦书来？雁⑤字回时，月满西楼。

注释

①一剪梅：词牌名。
②红藕：红色荷花。
③玉簟：精美的竹席。
④兰舟：小船。
⑤雁：大雁。

译文

红色的荷花已残，香气已消，冰冷的竹席透出阵阵秋意。我轻轻地脱下外衣，独自登上小船。

白云舒卷处，是谁寄来了书信？雁群飞回来时，月光洒满了西边的小楼。

大雁

雁字回时，月满西楼

大雁身体硕大，为大型游禽，喙宽且厚，颈部粗短，翅膀长而尖。大雁主要以种子、嫩叶、虾等为食，喜欢成群活动。夜间休息时，雁群有大雁专门负责"放哨"，一有动静，它们便逃之夭夭。每年南飞越冬时，大雁便组成"雁阵"，由经验丰富的头雁领队，一会儿排成"人"字形，一会儿排成"一"字形。当头雁在前面飞行时，在其身后会形成一个低气压区，飞行中的其他大雁都可以利用这个低气压区降低空气阻力，从而节省体力。不过，头雁极易疲累，因此长途飞行时，会经常更换头雁。

喜鹊 忍顾鹊桥归路

鹊桥仙·纤云弄巧

[北宋] 秦观

柔情似水,佳期如梦,忍顾鹊桥②归路。
两情若是久长时,又岂在朝朝暮暮③。

注 释

①忍顾:怎忍回头看。
②鹊桥:喜鹊搭成的桥。
③朝朝暮暮:指朝夕相聚。

译 文

　　情意似水般缠绵温柔,短暂的相会如梦如幻,分别时怎忍心回头去看鹊桥路。
　　只要我们的感情长长久久,又何必强求朝夕相处呢?

　　喜鹊体形中等,上体覆羽为黑褐色,具紫色光泽,肩羽和腹羽为白色,尾羽为黑色。在多数情况下,喜鹊喜欢成小群体或成对生活,它们在旷野、山林、田间等处以小昆虫、瓜果、种子等为食。喜鹊通常在高大乔木上筑巢。其食物以松毛虫、金龟子、蝗虫等害虫为主,因此它们是益鸟,自古深受人类喜爱。

名称：喜鹊
别名：客鹊、飞驳鸟等
食性：杂食性
习性：适应力强，喜结群

喜鹊可以"播种"？

喜鹊是一种杂食性动物，除了吃昆虫，也吃植物的果实。喜鹊吃果实时，一般会将果肉和种子一起吞进肚子，果肉会被胃液消化，而种子则会通过它的粪便排出。若是这时种子落在适宜的地方，就会生根发芽。

名称: 乌鸦
别名: 老鸹
食性: 杂食性
习性: 集群生活

乌鸦的粪便也是宝?

你可别小瞧乌鸦的粪便!乌鸦的粪便中含有丰富的氮、磷、钾等成分,而植物的生长恰好离不开这些营养成分。通过处理和发酵,乌鸦的粪便就可以制成优质的有机肥料。

菩萨蛮·虫声泣露惊秋枕

[北宋] 秦观

阴风^①翻翠幔^②，雨涩灯花暗。
毕竟不成眠，鸦啼^③金井^④寒。

注释

①阴风：冬风。此处指寒风、冷风。
②翠幔：翠绿色的纱帐。
③鸦啼：乌鸦鸣叫。
④金井：设有雕栏的井。

译文

　　凛冽的寒风用力地吹着翠绿色的纱帐，雨断断续续地下着，灯火暗淡。
　　我怎么都睡不着，只听见寒冷的井边，传来乌鸦的叫声。

乌鸦

鸦啼金井寒

　　在很多人的印象中，乌鸦是不祥之鸟。其实，在儒家文化中，因乌鸦有反哺的习性，被视为"孝鸟"。乌鸦为中大型鸟类，体羽多为黑色，喙和足都很强壮。乌鸦喜欢集群生活，在田野、荒原、树林等地栖息觅食。除了以小昆虫、种子、果实等为食，性格凶悍的乌鸦还会觊觎别的巢穴内的鸟卵或雏鸟。乌鸦奉行一夫一妻制，一旦找到心仪的对象，便不轻易分离。

白鹭 西塞山边白鹭飞

浣溪沙·渔父

[北宋] 苏轼

西塞山①边白鹭飞,散花洲外片帆微。桃花流水鳜鱼肥。
自庇②一身青箬笠③,相随到处绿蓑衣。斜风细雨不须归。

注释

①西塞山:又名道士矶,在今湖北省黄石市。
②庇:遮盖。
③箬笠:用竹篾做的斗笠。

译文

西塞山边有白鹭在飞翔,散花洲外的江面上有帆船时隐时现。桃花汛时期的鳜鱼长得最肥美。

我用斗笠遮盖住自己,再随身带上绿色的蓑衣,遇上小的风雨我就不必回家了。

白鹭天生丽质,双腿细长,身体纤瘦,体态高雅,全身羽毛雪白,看起来格外美丽。白鹭喜欢在水质干净的湖泊、池塘等地活动,因此享有"空气和水质状况监测鸟"之誉。它们白天在水域觅食,夜晚休息。无论是小鱼、小虾,还是蝌蚪、水生昆虫,它们都非常爱吃。白鹭的羽毛有较高的经济价值,古代东方人喜欢用它装饰衣服,西方人喜欢用它作为女士帽子上的点缀。

名称：白鹭
别名：白鹭鸶、雪客等
食性：肉食性
习性：集群生活

白鹭都是白色的吗？

千万别以为白鹭属的鸟类都是白色的，白鹭属中还有一种全身都是黑色羽毛的黑鹭。此外，还有灰色的岩鹭、蓝灰色的小蓝鹭等。

为什么说雄鸳鸯的美丽有"保质期"?

众所周知,雄鸳鸯的羽毛绚丽多彩,十分惹人注目,求偶期间的雄鸳鸯更是"美艳动人"。不过,繁殖期一结束,雄鸳鸯就会换羽。它们此时会单独活动,寻找隐蔽之处脱毛换羽。换羽期间,它们会失去飞行能力,直到飞羽长齐后才能飞行。

名称:鸳鸯
别名:中国官鸭、匹鸟、邓木鸟等
食性:杂食性
习性:喜集群活动,机警

长相思·花似伊

[北宋] 欧阳修

长江东,长江西。两岸鸳鸳两处飞。相逢知几时②。

注释

①鸳鸯:鸟名,这里比喻恩爱夫妻。
②几时:什么时候。

译文

一个住在长江的东边,一个住在长江的西边,恩爱的夫妻分居两地,不知道什么时候才能再次相聚。

鸳鸯 两岸鸳鸯两处飞

鸳鸯为小型鸭类,处于繁殖期的雄鸳鸯毛色艳丽,非常美丽。在溪流、湖泊、池塘、芦苇荡等处都能见到鸳鸯的身影,它们主要以草根、草叶等为食,也会食用昆虫、小鱼、小虾等。鸳鸯不仅善于游泳与潜水,天性机警的它们也能在陆地上活动。成群活动的鸳鸯每次饱餐之后回到栖息地时,都有一对鸳鸯担任"开路先锋",它们先在栖息地上空盘旋侦察一番,确认没有危险后,才会向其他同伴发出"平安"信号。人们常将鸳鸯作为忠贞的象征,但其实它们并不专情,只有在繁殖期才成双入对,形影不离,繁殖期结束,雄鸳鸯便会离开雌鸳鸯,寻找新伴侣。

鸭

徐熙小鸭水边花

木兰花令[①]·庾郎三九常安乐

[北宋]黄庭坚

庾郎三九常安乐,使有万钱无处著。
徐熙[②]小鸭水边花,明月清风都占却。

注释

①木兰花令:唐代教坊曲名,后为词牌名。
②徐熙:五代南唐人,著名画家。

译文

　　回想曾经的庾杲之过着贫穷却安乐的生活,即使给他许多钱,他也没处可花。
　　徐熙的画极具野趣,画中的小鸭子在水边的花朵旁嬉戏,明月与清风都被他巧妙地捕进画中。

　　鸭是常见的家禽之一,为鸭科鸭属动物,由绿头野鸭和斑嘴鸭经过驯化而来。家鸭的饲养有几千年的历史。家鸭体形较大,嘴长而扁平,双翅小,尾短脚矮,以鱼、虾等为食,也吃昆虫、谷物。鸭子尾部有尾脂腺,可分泌油脂,当它们用嘴将油脂抹在羽毛上,羽毛就不沾水了。

鸭子的尾巴有什么作用?

你发现了吗?鸭子的尾巴又宽又硬,充满了力量。除了分泌油脂,鸭子的尾巴还有许多用处。比如:鸭子走路时会不断地晃动尾巴,让身体保持平衡;在湍急的水流中,尾巴能起到方向盘的作用,鸭子可以通过摆动它来调整前进的方向……

名称:鸭
别名:鹜
食性:杂食性
习性:善潜水、游泳

名称：公鸡
别名：雄鸡
食性：杂食性
习性：性情凶猛，打鸣报晓

公鸡为什么敢吃有毒的蜈蚣？

首先，公鸡的消化系统十分强大，蜈蚣虽毒性很大，但毒素会被公鸡的胃酸和消化酶分解。其次，公鸡强大的免疫系统能自主识别和消灭各种毒素及病原体。只要公鸡的体内有毒素出现，免疫系统将第一时间启动，产生可以中和毒素的抗体，从而保证公鸡的身体不受毒害。

渔家傲·平岸小桥千嶂抱

［北宋］王安石

午枕觉来闻语鸟。欹（qī）眠①似听朝鸡②早。
忽忆故人今总老。
贪梦好。茫然忘了邯郸道③。

①欹眠：斜着身子睡觉。
②鸡：公鸡。
③邯郸道：比喻求取功名的道路，也指仕途。

　　午睡醒来，耳边满盈着婉转的鸟鸣。斜倚着枕头，想起当年做官时，每日听着清晨的鸡鸣上早朝，此情景已恍如隔世。
　　忽然想起故人们现在都像自己一样老了吧。我贪恋午睡的闲适，忘却了从政建功的美梦。

公鸡 欹眠似听朝鸡早

　　公鸡为雉科家禽，毛色多彩绚丽，行动敏捷。因翅膀短小，它们不善飞翔。公鸡最明显的外形特征便是头上有鲜红的大鸡冠。公鸡生性凶猛，常会袭击别的动物。公鸡为什么能打鸣呢？实验证明，公鸡打鸣是由其内在的生物钟控制的。受日照和黑暗周期的影响，公鸡形成了一个比较稳定的作息时间，再加上其体内雄激素的影响，公鸡就开始打鸣了。此外，公鸡打鸣也是其彰显自己地位的一种方式。清早第一个打鸣的公鸡往往是鸡群的"首领"。

鹧鸪天·学画宫眉细细长

[北宋] 欧阳修

双黄鹄，两鸳鸯。迢迢②云水恨难忘。
早知今日长相忆，不及从初③莫作双。

注释

①黄鹄：天鹅。
②迢迢：路途遥远。
③从初：当初。

译文

两只天鹅、两只鸳鸯，相隔再远也难忘旧情。
早知道现在会一直想念你，不如当初不与你相爱。

天鹅 双黄鹄，两鸳鸯

　　天鹅体态优雅，叫声高亢动人，自古以来，便被视作高贵、忠诚的象征。天鹅脖颈修长，眼腺裸露，尾又圆又短，蹼发达。天鹅喜欢在沼泽、湖泊等处群栖，除了吃水生植物，也吃螺类和鱼虾。天鹅是名副其实的"飞行冠军"，它们的飞行高度可达惊人的9000米，即使是世界最高峰——珠穆朗玛峰，它们也能飞越。天鹅奉行"一夫一妻制"，结成伴侣后就形影不离，一旦其中一只不幸死亡，另一只便独自生活直到死去。

天鹅背上的雏鸟

　　天鹅喜欢生活在水边,每到繁殖季节,我们常能见到天鹅宝宝悠闲地"坐"在妈妈的背上,将妈妈当成一个浮在水面上的移动巢穴。虽然天鹅的雏鸟属于早成鸟,出生后不久就可以浮游和行走,但它们羽毛未丰,无法在水中长时间地维持体温。

名称:天鹅
别名:鹄
食性:杂食性
习性:喜集群活动,善飞行

第二篇

走兽篇

獐

野麋丰草，江鸥远水

鹊桥仙·次东坡七夕韵

[北宋]黄庭坚

野麋①丰草，江鸥②远水，老去惟便疏放。
百钱端欲问君平，早晚具、归田③小舫。

①野麋：獐。
②江鸥：生活在江上的鸥鸟。
③归田：归还公田。此处指辞官归隐。

  獐子需要茂盛的草丛，江鸥需要源源不断的江水，人老了就不愿意再受到约束。
  想带着重金去问卜卦之人，我什么时候才能辞官归隐，纵情山水？

  獐体长近1米，雌雄都无角，全身没有斑纹，体毛浓密粗长，多呈灰黄色或棕黄色。它四肢发达，耳朵高高直立，短尾巴常被臀部的毛掩盖，因此大家常以为它没有尾巴呢！獐经常单独或成对出现，主要以草、芦苇、蔬菜等为食。它们生性机警，反应灵敏，善跳跃，能游泳，一有动静，便逃得无影无踪。

獐和麝有什么区别？

獐和麝都是鹿科动物，它们虽有颇多相似处，但区别也有很多：獐比麝略大；麝的颈部两侧各有一条较宽的白色带纹延伸至腋下；獐无香，雄性林麝、马麝、原麝分泌麝香。

名称：獐
别名：河麂、牙獐等
食性：草食性
习性：胆小，善跳跃，能游泳

名称：老鼠
别名：耗子、坎精等
食性：杂食性
习性：机警，适应性强

老鼠在我国古典文学中是什么形象？

在古代，大多数文人墨客都十分讨厌老鼠，认为它是一种不劳而获、狡猾阴险、危害社会的动物。他们喜欢用老鼠去暗喻那些狡猾阴险的小人，或者不事生产、不知百姓疾苦的统治者，比如"岂学官仓鼠，饱食无所为""养子不经师，不及都亭鼠"等。

如梦令·遥夜沉沉如水

[北宋]秦观

遥夜①沉沉如水,风紧驿亭②深闭。
梦破鼠③窥灯,霜送晓寒侵被。
无寐④,无寐,门外马嘶人起。

注释

①遥夜:长夜。
②驿亭:古代官道旁给官员和信使住宿、换马的馆舍。
③鼠:老鼠。
④无寐:不能入睡。

译文

长夜漫漫,四周寂静如水,大风阵阵吹来,驿站的门紧闭着。

我从梦中惊醒,看到老鼠正偷看油灯。破晓时,被霜天送来的寒气已透进了被子。

睡不着啊,睡不着啊,门外传来马的嘶鸣声,已有人早早地起床了。

老鼠 梦破鼠窥灯

老鼠虽然不讨喜,却是现存古老的哺乳动物之一,是动物中的"活化石"。老鼠有着惊人的繁殖力,生命力旺盛的它们似乎在哪里都能生活得很好,在厕所、垃圾堆、臭水沟等地方都能见到它们的身影。因环境肮脏,它们携带多种病毒、细菌,可传播多种疾病,常见的有鼠疫、流行性出血热等。老鼠的嗅觉高度灵敏,每次出动前,它们都先鬼鬼祟祟打探一番,确定万无一失后才出洞。生性机警的它们一旦在某个地方受到袭击,就会避免重新踏入该地方。

犀牛 心有灵犀一点通

鹧鸪天·画毂雕鞍狭路逢

[北宋] 宋祁

画毂①雕鞍狭路逢，一声肠断绣帘②中。
身无彩凤双飞翼，心有灵犀③一点通。

注释

①画毂：彩车。
②绣帘：华丽的帘幕。
③灵犀：灵异的犀牛角。

译文

　　乘坐华丽马车的女子与骑着骏马的男子在大路上相逢，车帘后的女子发出一声悲切的呼唤。
　　只恨身上没有长出彩凤那样的翅膀，可以随时飞到心上人身旁，不过幸运的是，两人的心像灵异的犀牛角那样，让两人心心相印。

　　犀牛是大型哺乳类动物。它们肥胖笨拙，四肢宛如短柱一般，头大，全身的皮厚且糙，一对小眼睛显得与身体极不相称。黑犀牛的奔跑速度很快，转身速度也很快。虽然犀牛有坚硬的厚皮，但厚皮褶皱里的皮肤还比较娇嫩，不仅容易晒伤，还总引得寄生虫"觊觎"，为了解决"麻烦"，它们只好经常在泥水中打滚。犀牛喜欢以嫩枝叶、苔藓、野果等为食，寿命可长达50年。因犀牛角既是名贵的装饰品又能入药，犀牛遭到人类捕杀，部分物种濒临灭绝。

世界上只剩下 5 种犀牛

令人遗憾的是,目前世界上只剩下 5 种犀牛:白犀、苏门答腊犀、爪哇犀、黑犀和印度犀。它们平均体重在 1 吨以上,主要栖息于非洲、东南亚及南亚的草原和森林中。

名称:犀牛
别名:兕
食性:草食性
习性:多独居

为什么猪喜欢拱土？

猪是杂食性动物，为了满足自己的食欲，它们会不停地用鼻子和嘴把泥土拱起来，寻找一切能吃的东西。此外，猪的汗腺系统并不发达，因此其皮肤的散热能力相对较弱，猪拱土可以使其皮肤温度下降。

名称：猪
别名：豕、豚等
食性：杂食性
习性：温顺，适应力强

满庭芳·归去来兮

[北宋] 苏轼

坐见黄州再闰①,儿童尽楚语吴歌②。
山中友,鸡豚③社酒④,相劝老东坡。

①闰:闰年。
②楚语吴歌:黄州一带的语言。
③豚:猪。
④社酒:原指春秋两次祭祀土地神的酒,此处泛指酒。

　　眼看在黄州虚度五年光阴,膝下的孩子们都学会了当地的方言和歌谣。
　　山中的朋友准备了鸡肉、猪肉和美酒,来劝解我这个老头子。

猪
鸡豚社酒,相劝老东坡

　　猪是常见的家禽之一,是人类驯化野猪后形成的亚种。我国养猪历史悠久,早在新石器时代,人们就已经开始了对猪的饲养;商周时期,已有专门饲养猪的圈舍。根据品种不同,猪的体貌特征也有很大差异。总体来说,猪躯体肥壮,四肢短小,头长耳大,腰背窄。猪的体毛又粗又硬,有黑色、花色、白色等多种。在生活中,我们形容一个人智商低下时,常用"笨猪"一词,但在动物界,猪的智商不容小觑。此外,猪的嗅觉更是灵敏,经过特殊训练的猪还常被用来搜查违禁品。

豺

恐豺狼当辙

好事近·富贵本无心

[南宋]胡铨

囊锥①刚强出头来，不道甚时节。
欲命巾车②归去，恐豺狼③当辙④。

注释

①囊锥：口袋中一种尖锐的钻孔工具。
②巾车：有披盖的车。
③豺狼：此处指权奸秦桧。
④当辙：当道。

译文

坚硬的锥子从口袋里钻了出来，也不看看现在是个什么世道。
我想驾着车子回去，像陶渊明一样归隐田园，却害怕被豺狼挡住道路。

豺为犬科哺乳动物，体形比狼小。豺头部较宽，耳朵呈半圆形，四肢比狼的短小。豺的尾巴长于狼尾，与狐尾略似。因其背毛总是呈红棕色，它又有"红狗"之称。豺善攀岩、跳跃，还是"游泳健将"，被誉为犬科动物中的"全才"。

豺喜欢居住在密林、山地中，以天然洞穴为"家"。豺的叫声很有趣，不同于狼的嚎叫，它们会用一种与哨子声音相似的叫声和同伴交流。豺十分凶残，捕猎时，它们喜欢群起而攻之。对大多数动物来说，豺绝对是致命的存在。

豺和狼有什么区别?

豺和狼都属于犬科动物,所以它们不仅长得像,群居方式也类似。在野外,很多人很难将它们分清楚。不过,一般情况下,狼的体形比豺的更大,豺群的规模比狼群的更大。

名称:豺
别名:红狼、豺狗
食性:肉食性
习性:喜群居,善跳跃、攀岩

名称：麝鹿
别名：香獐、原麝等
食性：植食性
习性：喜独居，机警

怎么用麝香制香？

麝香在干燥后会变成黄褐色或暗红色，呈颗粒状或者块状，并散发出恶臭。因此，人们不会在香炉中直接点燃麝香。为了获得绵长的香气，人们需要先将麝香放在水中稀释，接着把沉香、檀香的粉末放入其中浸泡，最后再将它们一起制成固体香。

醉蓬莱·对朝云叆叇（ài dài）

[北宋]黄庭坚

荔颊^①红深，麝脐^②香满，醉舞裀歌袂。
杜宇^③声声，催人到晓^④，不如归是。

①荔颊：美人的脸颊。
②麝脐：麝香别称。
③杜宇：杜鹃鸟。
④晓：天亮。

译文

　　美人的脸颊泛着红光，麝香的香气充满了房间，人们深深地陶醉在舞蹈和歌曲中。
　　杜鹃鸟一声接一声地叫着，催促着人们赶紧回家，因为天就要亮了。

麝鹿

荔颊红深，麝脐香满

　　自古以来，麝香便被视作名贵中药材、珍贵香料。在中医眼中，麝香有极好的通经络、透肌骨的疗效，对治疗中风等疾病有奇效。麝香是雄性林麝、马麝、原麝肚脐与生殖器之间的香囊分泌的。椭圆形香囊呈袋状，是雄麝的副性征之一。麝鹿与鹿相似但体形较小，前肢短于后肢，雌雄头上均无角，雄麝的上犬齿若獠牙一般突出嘴巴之外，是它们用来打斗的"利器"。麝鹿大多在山林处栖息，以嫩枝叶、苔藓等为食。它们天性机警，善跳跃，喜欢在固定线路觅食饮水。遇到危险时，它们能快速逃向高处以躲避敌害。

虎 谁信轻鞍射虎

凤凰台上忆吹箫① · 自金乡之济至羊山迎次膺

[北宋] 晁补之

谁信轻鞍射虎②,清世里、曾有人闲。
都休说③,帘外夜久春寒。

注释

①凤凰台上忆吹箫:词牌名。
②射虎:指飞将军李广及三国时吴国孙权射虎的故事。
③休说:别说。

译文

谁会相信,还有人能轻骑射虎?在太平年代里,也有人才被放着不用。
更别说现在帘外黑夜漫漫,初春时节依然寒冷。

老虎是山地林栖动物的典型代表。它四肢健壮,毛色呈浅黄或棕黄色,遍布黑色横纹,圆脑袋大眼睛,嘴边的虎须又长又硬,犬齿发达,爪子锋利无比。因老虎眼睛上方有白斑,因此它又被称为"吊睛白额虎"。老虎额头正中的黑纹像极了"王"字,更显得它威风凛凛。其脚上厚厚的肉垫,能让它在捕猎时真正做到悄无声息。看准猎物后,它先借着掩护悄悄靠近,然后闪电般跃出。为避免自己受伤,老虎会先攻击猎物的背部,再用犬齿紧咬猎物的咽喉,直到猎物死亡才松开。在古代,人们将老虎视为瑞兽,它是英勇、祥瑞、权力的象征。

一山不容二虎是真的吗?

老虎是独居动物,只有在繁殖期才会与其他老虎接触。平时,即使一雄一雌,也会为了争夺领地而发生激烈的争斗。这是因为只有当老虎的领地足够大时,才能确保有足够的猎物供其捕食。

名称:虎
别名:大虫
食性:肉食性
习性:领地意识强烈,喜单独活动

名称：骆驼
别名：沙漠之舟
食性：草食性
习性：耐饥耐渴，对人忠诚

羊驼和骆驼是亲戚吗？

　　羊驼和骆驼都是骆驼科的，因此它们有一定的亲缘关系。不同的是，骆驼主要生活在沙漠地区，有储存脂肪的驼峰；羊驼主要生活在高山地区，体形小一些，没有驼峰。

西平乐·稚柳苏晴

[北宋]周邦彦

稚柳①苏晴,故溪歇②雨,川迥③未觉春赊。
驼褐④寒侵,正怜初日⑤,轻阴抵死须遮。

①稚柳:柳树新发的枝条。
②歇:停息。
③川迥:平野辽阔。
④驼褐:驼毛里子的粗布短衣。
⑤初日:初春的阳光。

  放晴后,柳枝新发;雨停后,溪流缓缓流淌。平野辽阔,让人没意识到春天已徐徐到来。
  寒意侵入我的衣服。初春的太阳多么招人喜爱,可恨那薄薄的云彩总是遮挡住它。

骆驼

驼褐寒侵,正怜初日

  骆驼是骆驼科骆驼属动物,有单峰驼、双峰驼两种。单峰驼多生活于印度、非洲北部等地,驼毛较短;双峰驼多生活于中亚及中国西北部,驼毛较长,十分耐寒。骆驼忍饥耐渴的本领超强,在没有水的情况下可生存20多天,在没有食物的情况下可生存30多天。沙漠地带的牧民常骑着它横穿沙漠,因此它有"沙漠之舟"的美名。骆驼的驼峰里有脂肪贮存,没有食物时,脂肪便提供给骆驼生存所需的养分。

紫貂 游客解金貂

望江南·临川好

[北宋] 谢逸

寒食^①近，湖水绿平桥。
繁杏梢头张锦斾^②，垂杨阴里系兰桡。游客解金貂^③。

注释

①寒食：清明节前一二日。
②锦斾：又称酒旗、酒帘、青帘等。
③金貂：紫貂。这里指貂袍。

译文

寒食节就要到来，湖水将平桥映绿。
在开满杏花的树梢上挂酒旗，在杨树的树荫中系好小舟。游客解下貂袍，准备大醉一场。

在古代，人们将毛带黄色的紫貂称为金貂，毛带白色的紫貂称为银貂。汉代时，皇帝会赐"金貂之饰"给侍从近臣。野生紫貂躯体细长，毛色呈黑褐色或黄褐色，耳略呈三角形，短小的四肢十分强健，蓬松的尾巴又粗又长。在我国，紫貂多见于东北。紫貂喜独居，行动迅速，善爬树，喜欢在树林深处活动。它们的听觉、视觉都十分敏锐，遇到危险，转眼便消失得无影无踪。其食性较杂，既能以浆果、蜂蜜等为食，也能以田鼠、野兔、小鸟等小型鸟兽为食。

紫貂的名字是怎么来的？

紫貂的毛并不是紫色的，它们的名字是怎么来的呢？原来，紫貂的毛尖在阳光下反射出紫色的光泽，因而得名。

名称：紫貂
别名：黑貂、赤貂等
食性：杂食性
习性：机警，喜独居，善爬树

名称：狼
别名：野狼、灰狼等
食性：肉食性
习性：团结，族群观念强

狼有丰富的"语言"？

狼与狼之间存在着多种多样的交流方式。除了声音、气味，它们还会用肢体语言来表达自己的感情。比如：在一个狼群中，地位高的狼总是保持坐立的姿势，而地位低的狼时不时就会躺下，并去舔地位高的狼的下巴。

水调歌头① · 送张左司

[南宋] 石孝友

老却西山薇蕨②,闲损南窗松菊③,羞死汉公卿。
豺狼敢横道,草木要知名。

①水调歌头:词牌名。
②薇蕨:薇和蕨。嫩叶都可作蔬菜。
③松菊:松树、菊花。

  虽然年老,但仍然在西山采摘薇菜和蕨菜,闲暇时会修剪南窗的松树和菊花,这让汉朝的高官们多难为情。
  既然豺狼有胆量横行霸道,那么草木更应该扬名。

狼

豺狼敢横道

  在古代,一些游牧民族把狼作为图腾崇拜。狼体形中等,喜集群生活,善奔跑。狼有着发达的听觉与嗅觉,主要以野生动物为食。狼群等级制度森严,居统治地位的雄狼可以控制群体中的所有雌狼。别看狼群捕猎时凶残、暴虐,对群体里的小狼崽却是呵护有加。有时,雌狼会将猎物先吃到肚子里,再反刍喂给小狼崽。甚至,雌狼还会"建造"专门的"育儿所",无怨无悔地集中养育小狼。

猕猴　猿猱闻鼓不须呼

浣溪沙·照日深红暖见鱼

[北宋] 苏轼

照日深红暖见鱼，连溪绿暗晚藏乌①。黄童白叟②聚睢盱（suī xū）③。

麋鹿逢人虽未惯，猿猱④闻鼓不须呼。归家说与采桑姑。

注释

①乌：乌鸦。
②黄童白叟：泛指老人和小孩。
③睢盱：喜悦、高兴的样子。
④猱：兽名，身体便捷，善攀援，又名"狨"或"猕猴"。

译文

阳光将潭水照成深红色，暖和的水里能见到鱼在游。深潭四周长着茂密的树木，晚上会有乌鸦藏在其中。孩子和老人开心地聚在一起。

麋鹿一见到人就逃走了。猿猱听到鼓声不用呼唤就自己来了。归家时，把这样的盛况说给采桑的姑娘听。

猕猴身躯粗壮，尾短，具颊囊，前后肢几乎等长。它们的拇指可与其余四指相对，抓握能力极强。猕猴头部呈棕色，背部呈棕黄或棕灰色，腹部呈淡灰黄色，前额较低，有一棱突起。猕猴喜欢集群活动，群居在山林中。它们食性较杂，既能以鸟蛋、昆虫为食，也吃浆果、嫩枝叶。成员之间相互交流时，会用不同的手势或声音"传情达意"。有趣的是，它们每4年便会通过血腥搏斗的方式选举"猴王"。经过殊死搏斗，最终获胜者便是"猴王"，落败者不仅鲜血淋淋，还会被驱逐出群。

名称：猕猴
别名：猢猴、黄猴、沐猴等
食性：杂食性
习性：喜群居，适应力强

猕猴与金丝猴是"亲戚"吗？

猕猴和金丝猴都属于猴科动物，它们是"亲戚"。但猕猴是猕猴属动物，金丝猴是仰鼻猴属动物，二者之间存在不少差别。另外，金丝猴是中国特有动物，而猕猴广泛分布于中国、巴基斯坦、印度、阿富汗等地，其野生族群数量非常庞大。

松鼠为什么喜欢吃坚果？

坚果富含脂肪和蛋白质，能为松鼠提供更多的营养。坚果易于获取并便于保存，这对于松鼠在冬季生存非常重要。此外，松鼠上下颌各有一对会持续生长的坚硬门牙，如果门牙一直不停地生长，会给松鼠的进食带来不便，因此它们需要吃坚硬的东西来磨牙。

名称：松鼠
别名：树鼠
食性：杂食性
习性：活泼，喜独居

满江红·风泉峡观泉

［南宋］刘子寰

静坐时看松鼠饮，醉眠不碍^①山禽浴。
唤^②仙人、伴我酌^③琼瑶，餐秋菊。

①碍：妨碍，惊扰。
②唤：呼唤，召唤。
③酌：品尝，赏鉴。

  静静地坐着，看松鼠来泉边喝水；沉沉地睡去，不惊扰前来洗澡的山禽。

  我要召唤仙人，和我一起品鉴这琼浆玉液，食用那凌霜竞放的秋菊。

松鼠

静坐时看松鼠饮

  松鼠的身体细长，样子酷似老鼠，大多喜欢以松果之类的坚果为食，又常在松树上活动，因此得名。松鼠是爬树高手，可在高大浓密的树枝间飞跃自如。跳跃时，大大的尾巴可帮助它们控制方向，保持身体平衡。更厉害的是，若是尾巴被老鹰等天敌抓住，松鼠也会像壁虎一样让尾巴自行脱落，这是松鼠在漫长的进化过程中练就的特殊技能。松鼠食性较杂，不仅食用坚果、水果、菌类，也吃昆虫。松鼠的巢呈球形，大部分营建在距地面8～16米的树枝上。在严寒的冬季，为了维持体温，向来独来独往的松鼠也会几只挤在一个巢里。

第 三 篇

游鱼篇

鳜鱼

夕阳长送钓船归。鳜鱼肥

钓船归·绿净春深好染衣

[北宋] 贺铸

绿净春深好染衣,际柴扉①。溶溶漾漾②白鸥飞。
两忘机。
南去北来徒自老③,故人稀。夕阳长送钓船④归。
鳜鱼肥。

注释

①柴扉:柴门。
②溶溶漾漾:水波荡漾的样子。
③自老:独自老去。
④钓船:渔船。

译文

春深时节,绿色浓郁得简直可以染衣服了。浓烈的春色也临近了我的柴门。湖面水波荡漾,白鸥飞舞,我与白鸥都淡泊名利,与世无争。

看着南来北往的行人,只有我独自老去,老朋友越来越少。夕阳送渔船归来,水中的鳜鱼多么肥美。

鳜鱼口大,体侧扁,背部隆起。自由游弋时,它背鳍伸展,好似抻开的皇冠,王者霸气显露无遗。鳜鱼喜欢潜藏在水底或水草丛中,伺机捕食鱼、虾等猎物。鳜鱼肉质鲜嫩,是名贵的淡水食用鱼类。早在明代,医学家李时珍就将其誉为"水豚"。

香喷喷的臭鳜鱼

　　臭鳜鱼属徽州菜。据说，在过去，沿江的鱼贩将正肥的鳜鱼运往徽州山区贩卖，为了防止鲜鱼变质，他们在鳜鱼表面涂抹上食盐。鳜鱼运到了徽州，鳞不脱，质不变，只是表皮散发出一股异味。没想到，这样的鳜鱼经烹饪后反而变得鲜香无比，成了美味的佳肴。于是，臭鳜鱼这道名菜便流传了下来。

名称：鳜鱼
别名：鳌花鱼、桂鱼等
食性：肉食性
习性：凶猛，喜独居

名称：鲈鱼（花鲈）
别名：脆鲈、烂鲈等
食性：肉食性
习性：凶猛，视觉敏锐

什么是"莼鲈之思"？

　　西晋时期，有一位叫张翰的名士。一天，突然刮起了一阵秋风，他因此想起了家乡的菰菜、莼菜和鲈鱼。于是，他立即辞官，马不停蹄地返回了吴中。没想到，这一举动竟然让他避开了战乱。后来，人们便用"莼鲈之思"来表达思乡之情，或者避世隐居之志。

木兰花慢·滁州送范倅[1]

[南宋] 辛弃疾

无情水、都不管，共西风、只管送归船。
秋晚莼鲈[2]江上，夜深儿女灯前。

注释

[1]范倅：指滁州通判范昂。
[2]莼鲈：莼菜和鲈鱼。

译文

  无情的流水全不管离人的惆怅，与西风一起，只顾送船上的人返家去。
  秋天的晚上，在江上品尝莼菜和鲈鱼。夜深了，与儿女团聚在灯前。

鲈鱼

秋晚莼鲈江上

  花鲈口大，体侧扁，身体为银灰色，背部和背鳍上有小黑斑。花鲈在中国沿海及各大通海江河都有分布，常栖息在河口。花鲈生性凶猛，吃小鱼、小虾、甲壳动物等。花鲈肉质鲜美，常做成生鱼片。

比目鱼

比目鱼儿翻翠藻

减字木兰花① · 赠何藻

[南宋] 石孝友

新荷②小小。比目鱼儿翻翠藻③。小小新荷。点破清光景趣多。

青青半卷。一寸芳心浑未展。待得圆时。罩定鸳鸯一对儿。

注释

①减字木兰花：词牌名。
②新荷：刚长出来的荷叶。
③翠藻：翠绿的水草。

译文

　　刚长出来的荷叶小小的。比目鱼翻动着翠绿的水草。点点荷叶，穿透清亮的光，为景色增添了几分情趣。

　　绿色的、半卷着的荷叶，还没有完全舒展开。等它变圆的时候，或许会有一对鸳鸯在这里共享浪漫时光。

　　比目鱼身体扁平，成鱼身体左右不对称，两只眼睛均位于同一侧。比目鱼喜欢贴着海底，侧着身体游泳，它们只有一条长长的背鳍。其实，这种"奇形怪状"并不是天生的。比目鱼幼鱼的眼睛就分别位于头顶的一侧，长到约1厘米时，一边的眼睛便慢慢"搬家"——移到鱼头的另一侧。在古代，总是成双成对的比目鱼一直被视为爱情的象征，因此有"凤凰双栖鱼比目"之说。

比目鱼是怎么长大的？

在繁殖期，雌性比目鱼会在海床上挖一个浅坑，再用尾巴将卵埋在里面。雄性比目鱼会在卵孵化期间承担"安保"工作，防止其他生物将卵当成食物。刚孵化出的幼鱼会游到水体上层觅食，当它长大后，又会重新返回水底，过起底栖生活。

名称：比目鱼
别名：鲽鱼
食性：肉食性
习性：成年后在海底生活

名称：鲤鱼
别名：红鱼、鲤子等
食性：杂食性
习性：洄游、季节性摄食

鱼类也会迁徙吗？

在鱼类中，有些对环境的适应性较强，会终生定居在同一片水域，比如卷口鱼；有些则会因为繁殖、越冬、觅食等需求，在不同的水域之间来回迁徙，也就是洄游，比如鲤鱼、金枪鱼、鲑鱼。不过，鲤鱼虽然具有洄游性，但一般不会游得太远、太久。

水龙吟·小沟东接长江

［北宋］苏轼

永昼①端居②，寸阴虚度，了成何事。
但丝莼③玉藕，珠粳④锦鲤，相留恋，又经岁。

注 释

①永昼：漫长的白天。
②端居：平常居所。
③丝莼：莼，一种水生植物，可做菜。
④珠粳：珍贵的粳米。

译 文

整个白天都在居所里无所事事，让光阴白白流逝，却什么事也没有做成。只不过，莼菜、白藕、珍米、鲤鱼这些美食，年复一年地让我留恋。

鲤鱼 珠粳锦鲤

在生活中，鲤鱼很常见，它的鱼鳞呈"十"字纹理分布，体侧带金黄色，尾鳍下叶呈鲜艳的橙红色，看着十分喜庆。鲤鱼喜欢在江、河、水库、湖泊等水域底层生活，以底栖生物、藻类等为食。它们生命力旺盛，对环境有极强的适应力。鲤鱼有四根长长的胡须，胡须上分布着很多感知细胞，就是靠着它们，鲤鱼才能在光线极暗的水底寻找并辨别食物。鲤鱼味道鲜美，有"食品上味"之美誉。因"鲤"与"礼、利"谐音，所以民间诸多文化习俗都与鲤鱼有关：年夜饭要吃鲤鱼，年画上画有骑着鲤鱼的孩童，有的地方还保留着过年以活鲤鱼为礼物送人的习俗。

鲫鱼

龙湫山下鲫鱼肥

渔父词[1]·书玄真祠壁

［南宋］蒲寿宬（chéng）

白水塘边白鹭飞。龙湫山下鲫鱼肥。欹[2]雨笠，著云衣[3]。玄真[4]不见又空归[5]。

注释

①渔父词：词牌名。
②欹：倾斜，歪向一边。
③云衣：指云气。
④玄真：指唐代诗人张志和。
⑤空归：空手归来。

译文

　　池塘上水雾弥漫，白茫茫一片，几只白鹭飞起，龙湫山下的池塘里鲫鱼正肥。

　　身上的斗笠斜向一边，衣服上沾满云气，没有看到想见的高人，两手空空而归。

　　鲫鱼是我国常见的淡水鱼，身体侧扁，大多黑胖，体背呈灰黑色，腹部呈银白色。随生长水域不同，体色深浅也不相同。鲫鱼体态丰腴，在水中穿梭游动时姿态优美。在大多数情况下，鲫鱼喜欢在水的底层觅食、活动，若水温较高，也会到水的中上层活动。无论是在江河湖泊，还是在沟渠沼泽，都能见到鲫鱼的身影。鲫鱼生命力极强，既耐严寒，对酷热或低氧的环境也有较强的忍耐力。它们的食量会随季节改变，春、秋两季，鲫鱼"胃口"大开，一天到晚不停地觅食；夏、冬两季，其摄食活动明显减少。它们的"食谱"较杂，一般以浮游生物、藻类、小型软体动物有机碎屑等为食。鲫鱼肉质细嫩、鲜美，营养丰富。

鲫鱼为什么又称鲋鱼?

在古代,鲫鱼又被称为鲋鱼,这是因为它们成群游动时喜欢一条跟着一条,相"附"而行,聪明的古人将"附"字的"阝"旁换为"鱼"旁就成为"鲋"字了。

名称:鲫鱼
别名:鲫瓜子、土鲫等
食性:杂食性
习性:喜群居

名称：金鱼
别名：金鲫鱼
食性：杂食性
习性：性情温和，不会跳跃

金鱼的记忆真的只有 7 秒吗？

　　金鱼的记忆只有 7 秒，这只是一个"美丽的误会"。其实，金鱼的记忆最少有 3 个月。研究发现，每次喂金鱼时若播放同一段音乐，将养过一段时间的金鱼放养 3 个月左右，只要它再次听到这段音乐，依然有觅食行为。有的金鱼的记忆甚至可长达一年。

浣溪沙·笑摘青梅傍绮疏

［南宋］赵汝茪（guāng）

笑摘青梅傍绮疏①。数枝花影漾前除②。太湖石畔看金鱼。

① 绮疏：镂刻成空心花纹的窗户。
② 前除：屋前台阶。

身材曼妙的女子笑着倚靠在镂刻着花纹的窗户边，摘下几枝青梅花。花的影子在屋前的台阶上摇曳。她站在太湖石旁，看那水塘里游来游去的金鱼。

金鱼是鲤形目鲤科鲫属的硬骨鱼类，虽然它与鲫鱼同属，它们的形态却截然不同。金鱼一般体短而肥，尾鳍4叶，形态多变，品种很多，颜色有红、黄、蓝、紫、花斑、银灰等，十分美丽。它们大多性情温和，喜欢在光线充足、水质清澈的水中活动。金鱼不会跳跃，只能在水中缓缓游动。金鱼食性较杂，它们的"食谱"中既有动物性食物，也有水草嫩叶、植物种子等植物性食物。我国是世界上最早驯化出金鱼的国家，宋代时开始养殖金鱼。

第四篇

爬虫篇

蟋蟀

蟋蟀思高秋

水调歌头·中秋

［北宋］米芾

砧声^①送风急，蟋蟀^②思高秋。
我来对景^③，不学宋玉^④解悲愁。

 注 释

①砧声：捣衣声。
②蟋蟀：蟋蟀。
③对景：面对眼前的情景。
④宋玉：战国时著名的辞赋家。

 译 文

中秋时节，急促的捣衣声混杂在风声里，蟋蟀发出深秋的哀鸣。
我面对这样的情景，没有宋玉的悲秋之情。

蟋蟀的身体多为黄褐色或黑褐色，脑袋圆圆胸部宽，大颚发达，前、中足等长，后足强壮，触角细长。雄虫喜欢鸣叫，好打斗。打斗时，它们先竖起翅膀高声鸣叫，再各自张开钳子一般的大口相互对咬或"拳打脚踢"，浴血奋战几个回合后，失败者落荒而逃，胜利者得意扬扬，再次鸣叫。从古至今，勇猛善斗的蟋蟀都深受大家喜爱。

蟋蟀是怎么发声的？

　　雄性蟋蟀右边的翅膀上有一个像锉一样的短刺，左边的翅膀上有硬棘，左右两翅相互摩擦就可以发出声音了。雄性蟋蟀可以通过改变翅膀相互摩擦的幅度和频率，来发出不同的声音。尤其是在繁殖期，为了求偶和赶走竞争者，雄性蟋蟀会不停地发出响亮的声音。

名称：蟋蟀
别名：蛐蛐、秋虫、促织等
食性：杂食性
习性：勇猛善斗，喜穴居

名称：蝉
别名：知了
食性：植食性
习性：喜吸吮树汁

蝉的一生要经历几个阶段？

　　蝉的一生需要经过卵、若虫、成虫三个阶段。夏季，蝉会将卵产在树的枝梢里，若虫一孵出即钻入地下。若虫会在地下为自己营造一个小小的土穴，并在里面生活数年。在一个夜晚或者黄昏，若虫破土而出，爬到树上羽化成蝉。

雨霖铃·寒蝉凄切

[北宋] 柳永

寒蝉①凄切②,对长亭晚,骤雨③初歇。都门帐饮无绪,留恋处,兰舟④催发。

① 寒蝉:也称秋蝉。
② 凄切:凄凉急促。
③ 骤雨:急猛的阵雨。
④ 兰舟:船的美称。

　　秋蝉凄凉而急促地鸣叫着,面对着长亭,正是傍晚时分,一阵急雨刚刚停止。

　　在京都城外设帐饯别,但我无心畅饮。正在依依不舍的时候,船上的人催着我出发了。

　　在古人眼中,蝉是高洁的象征。而寒蝉在文学作品中通常被用来表达伤感、凄凉的情感。在古诗词中,充满诗意的"寒蝉"是极为重要的一个意象。寒蝉是蝉的一种,体形比夏蝉小,叫声比夏蝉弱。寒蝉在初秋时叫得最欢,天气越寒冷,其叫声越低微。我们在形容有人遇到事情不敢讲话时就会用"噤若寒蝉"这个词。

蚱蜢

只恐双溪舴艋舟

武陵春·春晚

［南宋］李清照

闻说双溪春尚好①，也拟②泛轻舟。
只恐双溪舴艋舟③，载不动许多愁。

注释

①尚好：还好。
②拟：打算、准备。
③舴艋舟：形如蚱蜢的小船。

译文

听说双溪的春景还很美好，我打算去那里划船游玩。
只是怕双溪蚱蜢般的小船，载不动我满满的忧愁啊。

  蚱蜢的身体为绿色或黄褐色，背面有淡红色的纵条纹，雌虫比雄虫大。蚱蜢头尖，触角短，后足强壮。蚱蜢一般生活在草地、农田中，以植物叶子为食，如空心菜、白菜等蔬菜叶，也吃小麦、高粱、玉米等农作物。它们食量大，是对庄稼破坏性很强的害虫。它们的天敌是蛙类和鸟类。蚱蜢不仅善跳，而且能飞，生命力顽强。

蚱蜢是怎么自我保护的?

蚱蜢是蜥蜴的食物之一。为了保护自己,蚱蜢常吃有臭味的树叶,再吐到自己身上。当蜥蜴要把蚱蜢吃掉时,蚱蜢身上的臭味会让它立即把蚱蜢吐出来,蚱蜢因此逃生。

名称:蚱蜢
别名:蚂蚱
食性:植食性
习性:善跳跃

名称：萤火虫
别名：亮火虫
食性：杂食性
习性：对环境敏感，会发光

萤火虫的肚子为什么能发光？

　　萤火虫的身体里含有一种特殊的酶——荧光素酶。在这种酶的催化下，萤火虫体内的荧光素与氧气发生化学反应，并产生微弱的亮光。同时，萤火虫还可以通过调节体内的氧气含量，改变光的颜色和强弱。

临江仙·佳人

[南宋] 李石

坐待不来来又去,一方明月中庭①。
粉墙②东畔小桥横。起来花影下,扇子扑飞萤③。

注释

①中庭:庭院。
②粉墙:用白灰粉刷过的墙。
③萤:萤火虫。

译文

　　我等待的人要么不来,要么来了又离开,只有一轮明月映照着庭院。
　　白色院墙的东边有一座小桥横跨水面。我站起身,来到花丛的影子里,用扇子扑萤火虫。

萤火虫 扇子扑飞萤

　　夏天的晚上,在池塘边、农田里、河边都能见到打着"小灯笼"的萤火虫。它们脑袋小,体长1厘米左右,体壁和鞘翅十分柔软。雄虫有长长的触角,腹部末端有可发出荧光的发光器,能飞行。雌虫虽体形比雄虫大,却不能飞翔。萤火虫的幼虫主要以小型蜗牛为食,成虫仅食用露水、花蜜等液体。萤火虫对环境要求较高,因此常被看作生态质量指示物种。

蝴蝶 相伴蝶穿花径

画堂春·摩围小隐枕蛮江

[北宋] 黄庭坚

相伴蝶①穿花径②,独飞鸥舞春光。
不因送客下绳床③。添火炷炉香。

注释

①蝶:蝴蝶。
②花径:花间的小路。
③绳床:胡床,源于西域。

译文

和蝴蝶相伴着穿过花间的小路,在春景中有一只鸥鸟独自飞舞。不会因为送别客人,就从胡床上下来。往香炉中添加炭火,香气从里面飘了出来。

蝴蝶纤细的躯体呈圆柱形,头部两侧有复眼,触角为棍棒状,翅膀因覆有细毛与鳞片,形成纷繁美丽的花纹。很多人都将其称为"会飞的花朵"。蝴蝶大多喜欢在白天活动,因品种不同,其飞行速度、食物喜好等也有很大差异。蝴蝶有虹吸式口器,它们有的以花蜜、树汁为食,有的以露水、清水、动物尸体体液等为食。它们分布广泛,以植被丰富的亚马孙河流域最为集中。自古以来,美丽的蝴蝶都深受人们喜爱,体现在诗词、刺绣、绘画等方方面面。

蝴蝶的一生要经过几个阶段？

蝴蝶是一种完全变态发育的昆虫，它一生要经过卵、幼虫、蛹、成虫四个阶段。破蛹后，绝大多数蝴蝶都活不过三个月，有些甚至只能活几天。通常情况下，雄性蝴蝶在交配后，雌性蝴蝶在产卵后都会很快死去。

名称：蝴蝶
别名：蛺蝶
食性：食性因品种而异
习性：喜白天活动，对环境敏感

名称：蚕
别名：蚕宝宝、桑蚕蚕等
食性：植食性
习性：喜温暖、潮湿的环境

为什么养蚕人害怕天气突变？

养蚕人十分注意天气的变化，这是因为蚕是一种非常脆弱的变温动物，它的体温会随着环境温度的变化而变化。由于蚕无法自己调节体温，所以天气一旦突然发生变化，而养蚕人又无法及时采取措施，蚕就会死亡。

好事近① · 客路苦思归

[南宋] 陆游

客路苦思归，愁似茧丝②千绪。
梦里镜湖③烟雨，看山无重数。

注释

①好事近：词牌名。
②茧丝：蚕丝。
③镜湖：鉴湖，浙江名湖之一。

译文

我在旅途中十分想念家乡，内心的愁苦就像蚕丝般千头万绪。
我梦到了烟雨中的镜湖，醒来时却只见到一重又一重的青山。

蚕 愁似茧丝千绪

我国是家蚕的起源地，蚕的全身都是宝：蚕沙是优质饲料，蚕蜕、蚕茧等可入药，蚕丝可制成丝绸。家蚕胃口极好，总是吃个不停，长速惊人。它吐丝结茧时十分有趣：脑袋不停地"摇摆"，将丝织成一个个丝圈，像极了"∞"字。织到20多个丝圈（一个丝列）时，蚕便挪动位置，继续吐丝，织好一头后再织另一头。家蚕很辛苦，结一个茧需要变换250～500次位置。

纺织娘

隔篱娇语络丝娘

浣溪沙·麻叶层层苘叶光

[北宋]苏轼

麻叶层层苘①叶光,谁家煮茧一村香。隔篱娇语络丝娘②。
垂白③杖藜抬醉眼,捋青捣(chǎo)软饥肠。问言豆叶几时黄。

注释

①苘:青麻。
②络丝娘:虫名。此处代指缫丝的妇女。
③垂白:老人。

译文

　　层层麻叶泛着光泽,村内处处飘着煮蚕茧的清香。隔着篱笆听到缫丝女子的柔声细语。
　　老人拄着拐杖,老眼迷离似醉,捋下青色的麦粒,将它们炒熟后捣成粉用来充饥。我上前询问他:"豆类作物什么时候才能成熟呢?"

　　夏秋夜晚,草丛里经常发出连续不断的"轧织——轧织——"的声音,持续7～8秒后,声音停止,很快便重新响起,宛如纺车转动的声音。发出声音的就是昆虫纺织娘。它们体形较大,或褐色或绿色的身体长50～75毫米,头短,复眼为卵形褐色,由很多环节组成的触角细长,腿节呈锤状,后足强壮。会叫的纺织娘并不是雌性,只有雄性才能发出声音。雄性纺织娘发出声音吸引雌性,雌性纺织娘通过声音挑选伴侣。纺织娘遇到危险,或凭借健壮有力的腿逃跑,或振翅高飞,逃之夭夭。

怎样饲养一只纺织娘？

因为纺织娘可以发出悦耳的声音，所以在很久以前就有人把它当成宠物饲养。这种昆虫喜欢潮湿避光的环境，饲养者通常需要将它养在一个小笼子中，白天要用纱布将笼子罩住，晚上则要把笼子挂在通风处。

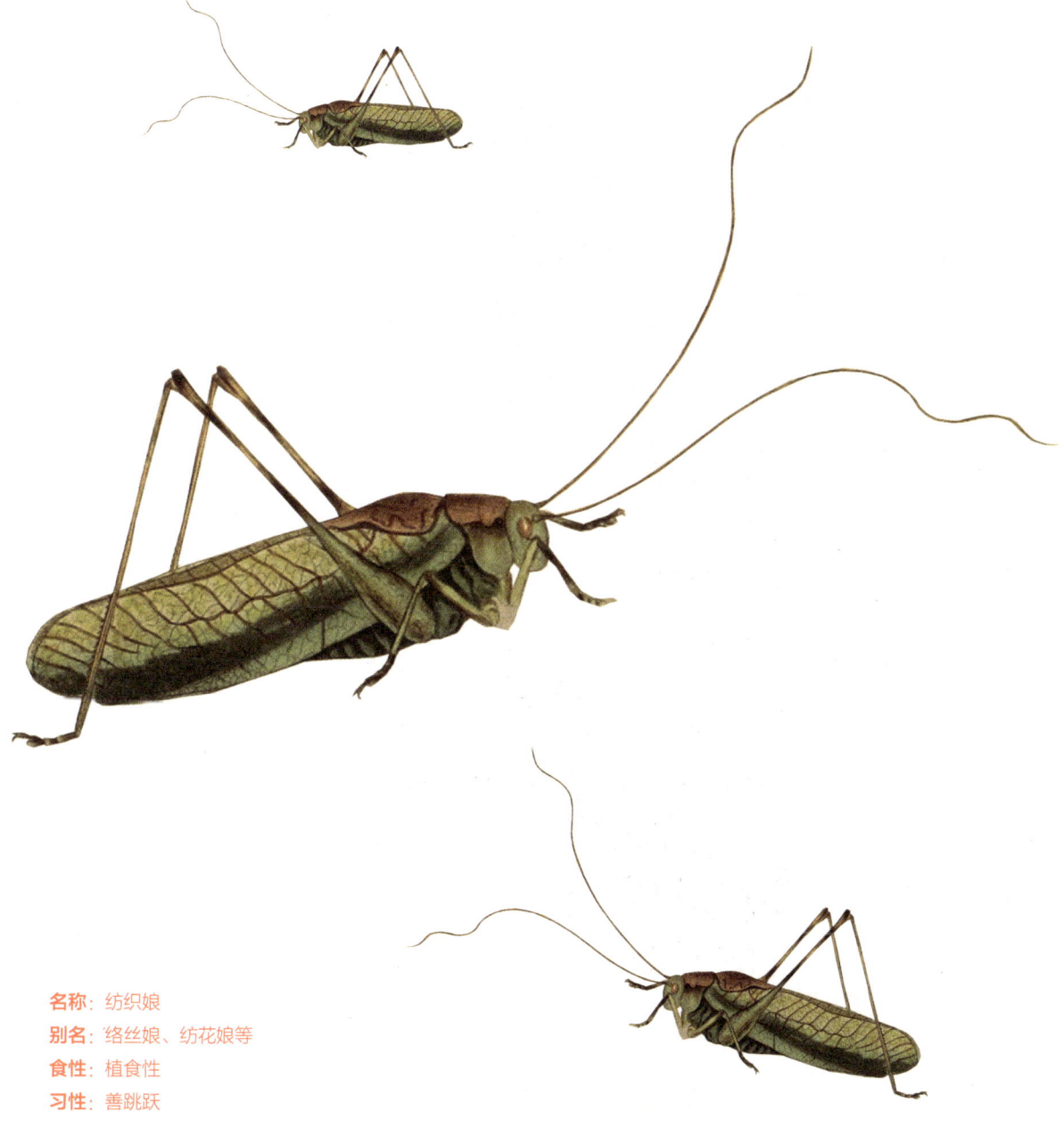

名称：纺织娘
别名：络丝娘、纺花娘等
食性：植食性
习性：善跳跃

蚂蚁为什么不会迷路？

蚂蚁是十分聪明的昆虫，无论搬运食物时路途多么遥远，它们也从不迷路。原来，蚂蚁能准确地记住自己所经过的路，是因为它们会在途中留下化学标记——信息素。这种信息素可被别的蚂蚁感知和识别。此外，蚂蚁的触角和复眼可感知周围环境信息。出色的感知能力可让蚂蚁快速识别并记住所经过的路径，以免迷路。

名称：蚂蚁
别名：蚁、玄驹
食性：杂食性
习性：团结，喜群居

沁园春①·孤鹤归飞

［南宋］陆游

孤鹤②归飞,再过辽天,换尽旧人。
念累累③枯冢④,茫茫梦境,王侯蝼蚁⑤,毕竟成尘。

注 释

①沁园春：词牌名。
②孤鹤：形单影只的白鹤。这里为作者自喻。
③累累：相连不绝的样子。
④冢：坟墓。
⑤蝼蚁：蝼蛄和蚂蚁。

译 文

　　从辽东如孤鹤般归来,却发现新人成长,旧人谢世,一切都已物是人非。
　　在这一处处荒凉坟墓中躺着的人啊,不管在生前曾有过多少美梦,无论是王公贵戚还是寻常百姓,现在都化为尘土了。

蚂蚁

王侯蝼蚁,毕竟成尘

　　蚂蚁身体娇小,头部较大,上颚发达,腹部呈卵形,有一对复眼和长触角。蚂蚁种类繁多,体色多样,有黑色、暗赤色、黄色和褐色等。蚂蚁生命力顽强,除了地球两极、高山雪线之上的极寒冷区域,陆地的各个角落都有它们的身影。它们的食性较杂,"食谱"主要有动物、植物、蜜露、真菌等。蚂蚁喜群居,还是名副其实的"建筑专家",它们牢固、安全的蚁穴内有许多分室,各分室之间的道路四通八达。这些"建筑"就是它们用发达的颚部在地下挖洞,一点一点地搬运沙土修建而成的。

蜻蜓

点水蜻蜓避燕忙

南乡子①·绿水满池塘

[北宋] 李之仪

绿水满池塘。点水蜻蜓避②燕忙。杏子压枝黄半熟，邻③墙。风送荷花几阵香。

注释

①南乡子：词牌名，原为唐代教坊曲名。
②避：躲避。
③邻：紧邻，挨着。

译文

水满池塘，绿波荡漾。数只蜻蜓轻轻点水，身体敏捷地避开前来捕食的燕子。杏树上果实累累，已快成熟，黄色的杏子紧挨着围墙。微风吹过，送来阵阵荷花香。

蜻蜓为蜻蜓目蜓科马大头属昆虫，其一生只经历卵、稚虫与成虫三个阶段，是典型的不完全变态昆虫。蜻蜓身体修长，脑袋灵活，翅膀发达。蜻蜓的复眼"暗藏乾坤"，每只复眼由几万个小眼组成，因此蜻蜓被称为"世界上眼睛最多的昆虫"。蜻蜓喜欢生活在潮湿的环境中，在湖泊、池塘、溪流、沼泽等处都能见到它们。色彩艳丽、体态优雅的蜻蜓堪称凶猛的猎手，它们喜欢捕食各种昆虫。捕猎时，在脚上大量粗毛的"帮助"下，它们紧抓猎物，令其难以逃脱，再用发达的口器撕咬猎物，方便进食。

蜻蜓为什么会点水？

蜻蜓在水面飞行时，总喜欢用尾巴轻轻地点水，成语"蜻蜓点水"由此而来。蜻蜓点水可不是因为它们喜欢玩水，它们的目的是产卵。飞行中的蜻蜓在用尾巴碰触水面的同时，将卵产出，卵在水中孵化，蜻蜓幼虫——水虿在水中生活。

名称：蜻蜓
别名：丁丁、蚂螂、负劳等
食性：肉食性
习性：善飞行，凶猛

为什么说蜣螂推粪球对生态环境大有好处？

粪球不但是蜣螂的主要食物来源，也是雄蜣螂用来吸引雌蜣螂的手段。根据粪球的大小、形状，雌蜣螂选择最优秀的雄蜣螂进行"婚配"。除了对自己有好处，它们推粪球的行为对生态环境也大有裨益，如防止有害细菌的滋生，改善土壤的质量和肥力等。

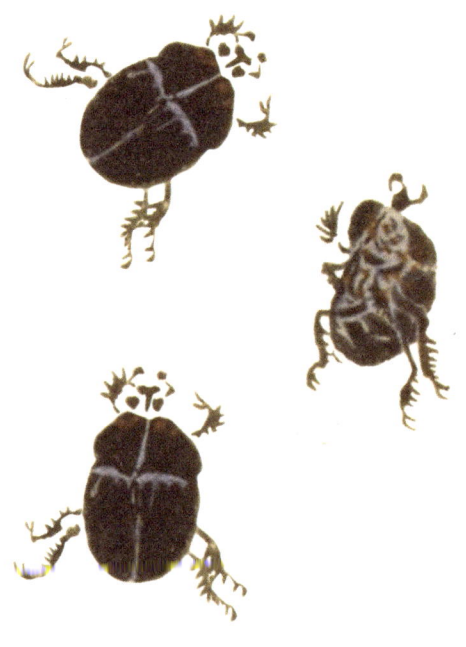

名称：蜣螂
别名：屎壳郎、圣甲虫
食性：大多为粪食性
习性：趋光性

渔家傲·三十六般包一袋

［北宋］可旻

三十六般^①包一袋。脓囊臭秽^②犹贪爱。恰似蜣螂推粪块。无停待^③。朝朝只在尘中。

①般：种类。
②秽：脏、不干净。
③停待：等待，停留。

  把各种东西抱在一起，滚动成团。越是臭气熏天、污秽不堪，它们越是喜爱。有些人，就像整日忙碌推着粪球的蜣螂，贪得无厌，从不停息，日日夜夜在尘世中沉沦。

蜣螂

朝朝只在尘中

  蜣螂的身体呈黑褐色，椭圆形，雄虫头部前方呈扇面状，头部后方两侧有复眼。蜣螂分布范围广，喜欢栖息在粪堆中，以动物粪便为食，有"自然界清道夫"之誉。蜣螂常将粪便制成球状，再将其滚到安全的地方藏起来，慢慢吃掉。处于繁殖期的雌蜣螂会将粪球制成梨状，并将卵产于其中。刚孵化出的幼虫就吃现成的粪球，等到发育为成年蜣螂时再破粪球而出。

宋词博物课

手 | 绘 | 图 | 鉴 | 版

山川风物卷

邢 欣 编著

中国经济出版社
CHINA ECONOMIC PUBLISHING HOUSE

·北京·

图书在版编目（CIP）数据

宋词博物课：手绘图鉴版．山川风物卷／邢欣编著．
北京：中国经济出版社，2025.2.（2025.9 重印）— ISBN 978-7-5136-7878-0

Ⅰ．I207.23

中国国家版本馆 CIP 数据核字第 2024KS3948 号

策划编辑	龚风光　张娟娟
责任编辑	张娟娟
责任印制	李　伟
封面设计	仙　境

出版发行	中国经济出版社
印 刷 者	三河市嘉科万达彩色印刷有限公司
经 销 者	各地新华书店
开　　本	787mm×1092mm　1/16
印　　张	8.5
字　　数	95 千字
版　　次	2025 年 2 月第 1 版
印　　次	2025 年 9 月第 2 次
定　　价	158.00 元（全三卷）

广告经营许可证　京西工商广字第 8179 号

中国经济出版社 网址 www.economyph.com 社址 北京市东城区安定门外大街 58 号 邮编 100011
本版图书如存在印装质量问题，请与本社销售中心联系调换（联系电话：010-57512564）

版权所有　盗版必究（举报电话：010-57512600）
国家版权局反盗版举报中心（举报电话：12390）　服务热线：010-57512564

第一章　名山篇

巴山	三年流落巴山道	002
庐山	梦中庐阜嵯峨	005
凤凰山	凤凰山下雨初晴	006
骊山	满眼骊山	009
赤壁	三国周郎赤壁	010
琅琊山	望蔚然深秀	013
峨眉山	见说岷峨凄怆	014
罗浮山	坐想罗浮山下	017
关山	千里关山劳梦魂	018
小孤山	独见一峰青崒嵂	021
弁山	卞山倒影双溪里	022

太白山　飞太白，酬仙蕊 —— 025

昆仑山　底事昆仑倾砥柱 —— 026

第二章　丽水篇

雪溪　使君莫忘雪溪女 —— 030

太湖　我梦扁舟浮震泽 —— 033

西湖　记取西湖西畔 —— 034

淮河　波声拍枕长淮晓 —— 037

辋川　《辋川图》上看春暮 —— 038

钱塘江　有情风、万里卷潮来 —— 041

潇水　为谁流下潇湘去 —— 042

巫峡　巫峡高唐，锁楚宫朱翠 —— 045

| 秦淮河 | 过秦淮旷望 —————— 046
| 长江 | 楚江南岸小青楼 —————— 049
| 小瀛洲 | 涌金门外小瀛洲 —————— 050

| 苏州 | 信东吴绝景饶佳丽 —————— 069
| 洛阳 | 未便教西洛 —————— 070
| 成都 | 地胜异、锦里风流 —————— 073
| 西安 | 到日长安花似雨 —————— 074

第三章　古城篇

| 杭州 | 钱塘自古繁华 —————— 054
| 南京 | 金陵城上西楼 —————— 057
| 开封 | 万国仰神京 —————— 058
| 岳阳 | 波撼岳阳城 —————— 061
| 扬州 | 过扬州、珠帘尽卷 —————— 062
| 滁州 | 对别酒，怯流年 —————— 065
| 衡阳 | 衡阳犹有雁传书 —————— 066

第四章　风物篇

| 望湖楼 | 望湖楼上暗香飘 —————— 078
| 岳阳楼 | 送我今夜岳阳楼 —————— 081
| 兰亭 | 君不见兰亭修禊事 —————— 082
| 白鹭洲 | 却讶此洲名白鹭 —————— 085
| 孤山寺 | 孤山寺，涌金门 —————— 086
| 华清宫 | 平时十月幸兰汤 —————— 089
| 金谷园 | 金谷俊游，铜驼巷陌 —————— 090
| 未央宫 | 未央宫殿知何处 —————— 093
| 函谷关 | 开函关，掩函关 —————— 094

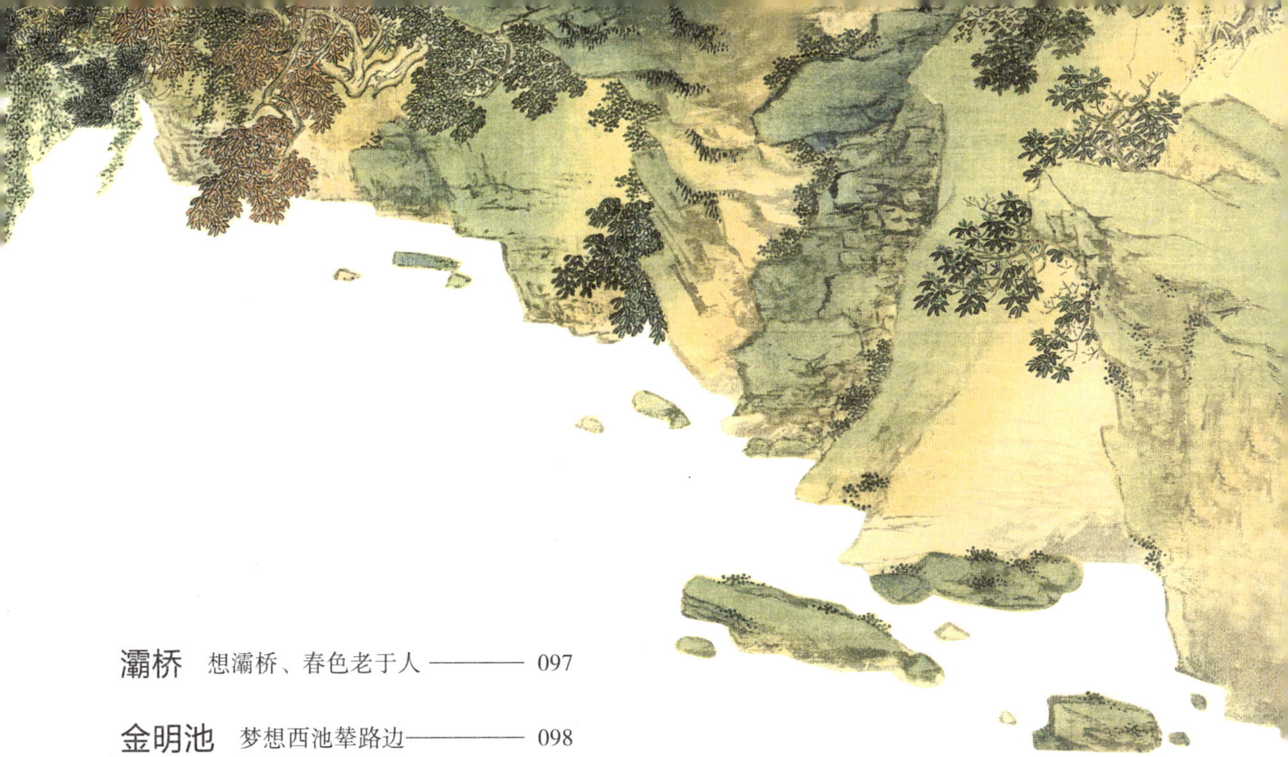

灞桥　　想灞桥、春色老于人　————　097

金明池　梦想西池辇路边　————　098

乌衣巷　访乌衣，成白社　————　101

第五章　风俗篇

冬至　　万般祥瑞朝来奏　————　104

白露　　八月微凉生枕簟　————　107

斗茶　　龙焙头纲春早　————　108

簪花　　醉里簪花倒著冠　————　111

斗蟋蟀　携向华堂戏斗　————　112

放风筝　当风轻借力　————　115

元宵节　花市灯如昼　————　117

寒食节　麦饭纸钱，只鸡斗酒　————　118

端午节　明朝端午浴芳兰　————　121

七夕节　运巧思、穿针楼上女　————　122

秋社　　社近愁看归去燕　————　125

观潮节　蹴起一江秋雪　————　127

重阳节　菊蕊金初破　————　128

第 一 章

名山篇

巴山

三年流落巴山道

木兰花·立春日作

［南宋］陆游

三年流落巴山①道,破尽青衫②尘满帽。
身如西瀼(ráng)渡头云,愁抵瞿唐③关上草。

注释

①巴山:大巴山。
②青衫:古代低级文职官员的衣服颜色。
③瞿唐:瞿塘峡。

译文

　　流落在大巴山已有三年之久,身上的官服破烂不堪,官帽上落满了尘埃。
　　身似西瀼渡口上的浮云,愁绪如瞿塘峡关中的春草除去还生。

　　巴山位于陕西、四川、湖北三省交界的地方,东西长500多千米,峰峦起伏,山势险峻。巴山不仅是嘉陵江、汉江的分水岭,还是汉中盆地与四川盆地天然的地理界线。巴山山脉腹地为巴蜀东出门户,此处峰峦耸立,沟壑纵横,易守难攻,交通价值与军事价值不言而喻。巴山还有珍贵的植物、野生动物,以及丰富的矿产资源。

[明] 仇英 《仿明皇幸蜀图轴》
（局部）

名　　称：巴山
别　　称：大巴山、千里巴山
主要景观：神农顶、亢谷风景区、
　　　　　黄安坝景区等
地理位置：陕西、四川、湖北三省交界

为什么巴山经常下雨？

　　每到夏天，巴山常会下雨。这是因为：一方面，我国夏季主要盛行东南季风和西南季风，而四川盆地西北高、东南低，大量水汽经过这里时会遇到高山阻挡，然后变成雨滴落下；另一方面，四川盆地内部的水汽无法散出，也会不断地聚集，最终形成降雨。

［清］ 钱维城 《庐山高轴》
（局部）

名　　称：庐山
别　　称：匡庐、匡山
主要景观：仙人洞、三叠泉瀑布等
地理位置：江西省九江市

为什么庐山多雾？

　　庐山地处我国江西省，这里全年降水都比较充沛，山脚下还有河流湖泊，为庐山形成雾气提供了充足的水汽。同时，庐山相对周边地区海拔较高，山上又树林密布，山上、山下温差较大。因此，大量水汽沿着山坡缓慢抬升时，就可能凝结成雾。

满庭芳①·用东坡韵题自画莲社图

［北宋］晁补之

归去来兮，名山何处，梦中庐阜②嵯峨③。
二林④深处，幽士往来多。

注释

①满庭芳：词牌名。
②庐阜：庐山。
③嵯峨：山势高大险峻。
④二林：庐山东林寺、西林寺合称。

译文

回去吧，去哪里的名山呢？梦中的庐山高大险峻。
在庐山东林寺、西林寺的深处，有很多隐士来来往往。

庐山

梦中庐阜嵯峨

　　山势巍峨险峻、山体呈椭圆形的庐山为地垒式断块山的代表。自古以来，它便以"雄、奇、险、秀"名扬四海。庐山不仅有壁立千仞的悬崖峭壁，也有令人叹为观止的茫茫云海、飞瀑流泉，堪称"刚柔并济"。庐山水系众多，急流、瀑布随处可见，其中以落差达 155 米的三叠泉瀑布最为著名，并流传有"不到三叠泉，不算庐山客"之说。庐山有着数不胜数的名胜古迹，如白鹿洞、五老峰等。不仅如此，庐山还有"一山藏六教"之说，独特的宗教文化在庐山文化中占有重要地位。历朝历代，到庐山吟诗作赋的文人墨客纷至沓来，众多文坛巨匠留下的 4000 多首诗词歌赋更让其"文化名山"的地位无可撼动。

凤凰山

凤凰山下雨初晴

江神子·江景

[北宋] 苏轼

凤凰山①下雨初晴，水风清，晚霞明。
一朵芙蕖②，开过尚③盈盈。
何处飞来双白鹭，如有意，慕娉婷④。

注释

①凤凰山：在杭州西湖南面。
②芙蕖：荷花。
③尚：依然、仍然。
④娉婷：姿态美好，此处指美丽的女子。

译文

凤凰山下，雨后初晴，水边的微风轻轻地吹拂着，晚霞明亮、艳丽。

一朵荷花，虽然已经开过了，但仍然十分美丽。

不知从哪里飞来一对白鹭，有意来向美丽的女子表达爱意。

凤凰山位于杭州市主城区西南面，北面靠近西湖，南接江滨，主峰海拔178米。远望凤凰山，它像极了一只展翅飞翔的凤凰，因而得名。南宋定都杭州后，以凤凰山为皇城。皇城东起凤山门，西至凤凰山西麓，方圆4.5千米。皇城内，宫殿巍峨，殿堂楼阁130多座。南宋灭亡后，宫殿被改为寺院。之后，因民间失火延及，殿宇被焚毁大半。

［清］ 王原祁 《西湖十景图》（局部）

名　称：凤凰山
主要景观：报国寺、凤凰池等
地理位置：浙江省杭州市

宋朝是什么时候灭亡的？

　　北宋灭亡后，宋高宗赵构带领北宋残余的文武大臣定都临安（今浙江杭州），建立了南宋政权。虽然当时南宋内忧外患，但其经济高度发达，世界各国的商人都来往于此。公元1276年，南宋为元所灭。南宋灭亡后，端宗、帝昺在闽广建立流亡政权，直至1279年，为元所灭。

| 名　　称：骊山 |
| 别　　称：绣岭 |
| 主要景观：华清宫、晚照亭等 |
| 地理位置：陕西省西安市 |

关于骊山的美丽传说

骊山位于陕西省西安市临潼区城南。相传，女娲为了炼石补天，曾在这里烧起一个巨大的火堆，然而天上的窟窿被补好之后，地上的人们想尽办法也无法熄灭火堆。眼看着熊熊大火就要把大地烤干，一匹通体青黑的神马冲了出来，只见它纵身一扑，熄灭了火堆。这匹神马死后，便化为骊山。

[清] 袁江 《骊山避暑图》

浪淘沙·五岭麦秋残

[北宋] 欧阳修

往事忆开元①。妃子②偏怜。一从魂散马嵬关③。只有红尘无驿使,满眼骊山④。

①开元:唐玄宗年号。
②妃子:指杨玉环。
③马嵬关:马嵬坡,位于今陕西兴平市西。
④骊山:唐代避暑胜地。

　　回忆唐代开元年间的往事,杨贵妃特别喜欢吃荔枝。

　　自她于马嵬坡香消玉殒后,路上只剩下滚滚的烟尘,不见往日送荔枝的驿使来回奔驰,满眼所见,只得骊山。

骊山 满眼骊山

　　骊山,为秦岭北侧的一个支脉,这里山势迤逦,山体蜿蜒盘旋,宛如一条巨龙横卧。骊山因景色美如锦绣,又有"绣岭"之称。它由东、西绣岭组成,西绣岭第一峰上有一处烽火台遗址,是历史上周幽王"烽火戏诸侯"的发生地;第二峰上有老母宫;第三峰上的老君殿为唐代华清宫长生殿的所在地。在骊山西绣岭到第三峰的断层北麓处,有中外驰名的晚照亭,这里是"骊山晚照"的绝佳观赏地。登亭远眺,骊山风景一览无余,每当雨过天晴、云消雾散之际,夕阳余晖中,漫山流光溢彩,美不胜收。此外,这里还有上善湖、遇仙桥、三元洞、七夕桥等著名景点,无不令人心驰神往。

赤壁

三国周郎赤壁

念奴娇·赤壁怀古

[北宋] 苏轼

大江东去，浪淘②尽，千古风流人物③。故垒④西边，人道是，三国周郎赤壁。

注释

①大江：长江。
②淘：冲洗、冲刷。
③风流人物：杰出的历史名人。
④故垒：过去遗留下来的营垒。

译文

滚滚长江向东奔流，千百年来，那些英雄人物都随着滔滔巨浪而逝去。

在遗留下来的营垒的西边，人们说那就是三国时期周瑜大破曹军的赤壁。

苏轼在这首词中所写的赤壁为黄州赤壁。虽然大家经常将黄州赤壁当作三国时期鏖战的古战场来凭吊，但这里并不是历史上"赤壁之战"的发生地。真正的赤壁古战场位于湖北省赤壁市。为了纪念这两处地方特有的历史文化，人们便将黄州赤壁称为"文赤壁"，将赤壁市的赤壁称为"武赤壁"。文赤壁位于赤鼻山。赤鼻山为典型的丹霞地貌，因山崖突出下垂，酷似一只大象鼻子伸入江中饮水一般，所以得名。武赤壁位于文赤壁上游。沿江而上，便能看见赤壁山临江矶头有"赤壁"二字，相传为周瑜所写。

著名的赤壁之战

赤壁之战是我国历史上著名的以少胜多、以弱胜强的一场战役，发生在三国时期。据记载，当时曹操率领二十多万士兵顺江而下，与孙权和刘备的联军在赤壁交战。周瑜利用曹操的轻敌，以诈降和火攻之计，将曹军打得落荒而逃，曹军大败。

名　　称：赤壁
别　　称：文赤壁
地理位置：湖北省黄州市

［明］　仇英　《赤壁图》（局部）

[明] 唐寅 《醉翁亭雅集图》

名　　称：琅琊山
别　　称：皖东明珠
著名景观：醉翁亭、琅琊阁等
地理位置：安徽省滁州市

琅琊山上的盛大庙会

　　每年正月初九，很多人会聚集在琅琊山上，举办热闹非凡的庙会。这一古老的习俗至今已传承了一千多年。相传，在很久之前，琅琊山还是一片荒芜，善良的碧霞仙姑将天上的甘霖洒在这里，使这里变得鸟语花香。为了感谢她，人们便在每年她生日这天前来烧香祭祀。久而久之，当地就形成了每年正月初九举办庙会的习俗。

瑞鹤仙①·环滁②皆山也

[北宋]黄庭坚

环滁皆山也。望蔚然③深秀,琅琊山也。山行六七里,有翼然④泉上,醉翁亭也。

注释

①瑞鹤仙:词牌名。
②环滁:环绕着滁州城。
③蔚然:形容草木茂盛。
④翼然:四角翘起,酷似飞鸟的样子。

译文

连绵的山峰环绕着滁州城。远远地望去,草木茂盛、山色幽深的那座山,就是琅琊山。

沿着山路走六七里,有一个四角翘起、边檐酷似飞鸟的亭子建在泉水上,那就是醉翁亭。

琅琊山 望蔚然深秀

琅琊山,位于安徽省滁州市西南,因东晋元帝司马睿曾在此避居而得名。琅琊山林壑优美,飞瀑流泉,自古便享有"皖东明珠""蓬莱之后无别山"的美誉。琅琊山有醉翁亭、琅琊寺等众多名胜古迹,因宋代欧阳修的千古名篇《醉翁亭记》,琅琊山更美名远扬。这里气候温和,降水丰富,四季分明。得天独厚的气候条件不仅让这里有丰富的动物、植物资源,而且地下矿藏储量惊人,如黄铜矿、斑铜矿,以及伴生的金矿、银矿等。此外,因盛产多种名贵药材,琅琊山又有"天然药圃"之称。

峨眉山 见说岷峨凄怆

河满子① · 湖州作寄益守冯当世

[北宋] 苏轼

见说岷峨②凄怆,旋③闻江汉澄清。
但觉秋来归梦好,西南自有长城④。

注 释

①河满子:词牌名。
②岷峨:岷山、峨眉山。
③旋:随即。
④长城:古代北方为抵御匈奴所筑的城墙。此处指能臣良将。

译 文

听人说边乱发生时岷峨两山山色惨淡,随即又听闻平乱后的长江和汉水干净而清澈。

我觉得秋风送爽,正好圆梦好还乡,这多亏了西南地带有你这样的忠臣良将戍边。

峨眉山位于四川省峨眉山市西南,山势陡峭,风景优美,自古便有"峨眉天下秀"的美誉。其主峰万佛顶海拔3099米。峨眉山层峦叠嶂,景色绚烂,动物植物种类繁多。峨眉山有万年寺、报国寺、仙峰寺、金顶等寺庙,传为普贤菩萨的道场。在漫长的历史岁月中,峨眉山的秀美风光、寺庙建筑、佛教文化早已相融,它与安徽九华山、山西五台山、浙江普陀山并称"中国佛教四大名山"。

[清] 方士庶 《峨嵋双涧图轴》

名　　称：峨眉山
别　　称：大光明山
主要景观：万年寺、龙门洞
地理位置：四川省峨眉山市

闻名天下的乐山大佛

乐山大佛位于峨眉山东麓的栖鸾峰，它是世界现存最大的一尊摩崖石像，有"山是一尊佛，佛是一座山"的美誉。这尊佛像始凿于唐代开元初年（713年），因其雕刻难度巨大，历时90年才得以建成。

名　　称：罗浮山
别　　称：东樵山、岭南第一山等
主要景观：飞云顶、骆驼峰、鹰嘴岩等
地理位置：广东省惠州市

罗浮山上的"仙人菜"

酥醪（láo）菜，又名"仙人菜"，主要产自罗浮山北峰的酥醪峒云海山中。著名的北宋诗人苏东坡在尝过酥醪菜后，赞其"肥美如羔仙人菜"。

［清］　董教增　《罗浮山图》

南歌子·诗有渊明语

[北宋]黄庭坚

诗有渊明①语,歌无子夜②声。
论文思见老弥明③。坐想罗浮山下、羽衣轻。

注释

①渊明:指东晋诗人陶渊明。
②子夜:晋曲名,即《子夜歌》。
③老弥明:越老越通明。

译文

  陶渊明的诗是诗中翘楚,《子夜歌》是歌中魁首。
  人越老,对读书思考这件事就越通明。我常常幻想自己在罗浮山下修道成仙。

罗浮山 坐想罗浮山下

  巍然耸立于岭南中南部的罗浮山是罗山与浮山的合体,景色如画,素来便有"百越群山之祖""岭南第一山"的美誉,其主峰飞云顶高耸入云,海拔1296米。罗浮山古木参天,洞天奇景、奇峰怪石更是令人叹为观止。罗浮山的飞瀑流泉有980多处,其中,以白水门、黄龙洞、白石漓三处最为著名。此外,从岩层深处喷涌而出的矿泉水,如长生井、卓锡泉,都是珍贵名泉。罗浮山还被誉为"中国十大道教名山"之一。

关山 千里关山劳梦魂

鹧鸪天·枝上流莺和泪闻

[北宋] 秦观

枝上流莺①和泪闻，新啼痕②间旧啼痕。
一春鱼鸟无消息③，千里④关山劳梦魂。

注释

①流莺：鸣叫声婉转的黄莺。
②啼痕：泪痕。
③消息：音信、讯息。
④千里：形容距离遥远。

译文

我流着泪听到枝头上黄莺的鸣叫声，新的泪痕叠着旧泪痕。
整个春天没有收到关于丈夫的任何消息，只有在梦中才能见到远在千里关山的他。

巍峨耸峙、古树参天的关山为六盘山山脉的一支，是陕西、甘肃两省重要的天然林区和草场，也是泾河、渭河等支流的发源地。它地势险峻，易守难攻，不仅是古代丝绸之路的必经之处，还是军防要塞。在2000多年里，关陇古道成为连接我国与世界的"陆路纽带"，沿途设置墩、堡、寨等建筑，是古丝绸之路上延续时间最长、保存最完整的古道群。历史上，无论是张骞通西域，还是唐僧西天取经，无不与关山密切相关。在古人眼中，关山山势陡峭，飞鸟难越，因此，王勃才写下"关山难越，谁悲失路之人"的句子。

[北宋] 许道宁 《关山密雪图》

丝绸之路是什么路？

　　丝绸之路，一般指陆上丝绸之路，是我国古代一条通往西域的交通路线，起源于西汉，兴盛于唐代。自公元前2世纪起，在千百年里，中国的大量丝织品越过关山，经过这条路到达中亚、西亚，以及地中海各国。

名　　称：关山
别　　称：陇山、陇坻等
所属山系：六盘山

名　　称：小孤山
别　　称：髻山、海门山
主要景观：启秀寺、御诗碑等
地理位置：安徽省安庆市

［当代］　郑午昌　《山水商衍鎏行楷书陆游观小孤山图》

关于小孤山的美丽传说

　　安庆市位于长江下游，被誉为"万里长江此封喉，吴楚分疆第一州"。小孤山位于安庆市宿松县东南部，是一座陡峭的孤峰，因山上启秀寺里供奉着小姑娘娘，当地人又把这座山叫作"小姑山"。

念奴娇·过小孤山

[北宋]秦观

长江滚滚,东流去,激浪飞珠溅雪。
独②见一峰青崒崉(zú lǜ)③,当④住中流万折。

注释

①激浪:激起的浪花。
②独:只。
③崒崉:高峻的样子。
④当:同"挡",阻挡。

译文

长江之水飞快地翻滚着,朝东流去,激起的浪花像飞起的珍珠、溅起的雪花。

只见一座高峻的山峰,阻挡了蜿蜒向前的大江的去路。

位于安徽省安庆市宿松县东南的小孤山孤峰耸立,巍然矗立于长江之中。别看小孤山海拔仅78米,但它以无比险峻的气势直插江心,笑傲群山,有"江上蓬莱""长江天柱"等美称。小孤山处处皆景,上有古木蔽日,下有滔滔长江。步行其中,奇峰异石、茂林修竹、古庙楼台错落有致。小孤山不仅风景优美,而且有悠久的历史。大禹治水时,就在此刻石以记功;秦始皇东巡时,也在小孤山石壁上刻"中流砥柱"几个大字;唐代,文人墨客常以小孤山入诗……小孤山有众多名胜古迹,如:始建于唐代的启秀寺,宇阁轩昂、古朴气派;一天门古色古香;建于万丈悬崖之上的观涛亭;飞阁凌空的弥陀阁等。

弁山 卞山倒影双溪里

水龙吟① · 别吴兴至松江作

［北宋］晁补之

水晶宫绕千家，卞山②倒影双溪里。
白苹洲渚，诗成春晚，当年此地③。

注释

①水龙吟：词牌名。
②卞山：浙江湖州山名，又名弁（biàn）山。
③此地：指吴兴。

译文

水晶宫旁围绕着千家万户，卞山的影子倒映在双溪之上。
暮春时节，在白苹洲的沙滩上，我的诗篇初成，就像当年我初到此地一样。

弁山位于浙江省湖州市西北处。它巍然屹立于太湖南岸，历来享有"吴兴富山水，弁为众峰尊"之誉。早在唐代，诗人陆龟蒙就写有"更感弁峰颜色好，晓云才散已当门"的诗句。弁山的主峰为海拔521.5米的云峰顶，若在晴天登临云峰顶之巅，不仅可将浩浩荡荡的太湖尽收眼底，还让人有宠辱皆忘，飘然欲仙之感。自古以来，弁山便以奇石著称于世。弁山奇石又称太湖石，以"瘦、透、漏、皱"的别致造型被视作园林点缀的佳品。北宋时，太湖奇石被作为贡品进献朝廷。如今，上海豫园的玉玲珑、北京颐和园乐寿堂的青芝岫等，都为太湖石名品。此外，弁山还有许多值得一去的景点，如法华寺、黄龙洞等。

[元] 王蒙 《青卞隐居图》（局部）

名　　称：弁山
别　　称：卞山
主要景观：法华寺、饮马池、黄龙洞等
地理位置：浙江省湖州市

弁山之神与西楚霸王

秦朝末年，项羽率江东子弟驻兵于弁山，此处也因此留下了项羽走马坼、饮马池、系马石等遗存。项羽兵败自杀后，湖州、长兴一带百姓将他尊为"苍弁山神"，并建造庙宇来祭拜他。

[元] 方从义 《太白泷湫图》

名　　称：太白山
别　　称：太乙山
主要景观：拔仙台、玉皇池等
所属山系：秦岭山脉

美丽的太白山国家森林公园

　　太白山国家森林公园位于太白山北麓的宝鸡市境内，是我国海拔最高的国家森林公园。这里有许多珍稀的动物、植物，如金丝猴、大熊猫、羚牛、云豹、金钱豹、红腹角雉、苏门羚、大鲵、杜仲、独叶草、星叶草等。

蓦山溪①·桂花

［北宋］万俟咏

不自月中来，又那得、萧萧风味。

霓裳②旧曲，休问广寒③人，飞太白，酬仙蕊。

注释

①蓦山溪：词牌名。
②霓裳：《霓裳羽衣曲》的简称。
③广寒：广寒宫。

译文

不是从月中来的，哪会有这样冷落凄清的独特风情。

想知道曾经的《霓裳羽衣曲》，不要去问广寒宫的主人，该飞去太白山，求问仙女。

太白山 飞太白，酬仙蕊

太白山为秦岭山脉的主峰，有着悠久的历史。历朝历代，前往太白山的文人墨客很多，李白就曾在此写下"太白与我语，为我开天关"的千古绝句。传说，泼墨山即为李白作诗之地。"药王"孙思邈在太白山常年隐居，他采药的栈道、捣药的碓窝现在依然可见。太白山是旅游胜地和道家活动的地方。每年，旅游者和香客都不远千里而来。

昆仑山 底事昆仑倾砥柱

贺新郎·送胡邦衡待制[①]赴新州

［北宋］张元干

梦绕神州路。怅秋风、连营画角，故宫离黍[②]。底事昆仑[③]倾砥柱，九地黄流乱注。

注释

①待制：皇帝的侍从官。
②离黍：原为《诗经》的一篇，此处指亡国之悲。
③昆仑：山名。

译文

　　梦中我常牵挂着被敌人侵占的土地。在萧瑟的秋风中，金兵军营相连，号角声凄厉，而故都汴京的宫殿里，已经废墟满地，禾黍丛生，一片荒凉吧。
　　为什么昆仑的砥柱山会崩塌，让九州大地上的洪水泛滥成灾？

　　昆仑山脉连绵起伏，是中国西部的山脉，西起帕米尔高原东部，东延入青海，素来享有"万山之祖"的美誉。传说中，西王母就居住在昆仑山，专管修仙登引事宜。在古人眼中，昆仑山为"龙脉之祖"，无论是《嫦娥奔月》，还是《封神演义》等故事，都与昆仑山息息相关。昆仑山不仅有上百种高等植物，还有野牦牛、藏羚羊等高原珍稀动物。自古以来，昆仑山都以出产美玉著称，此处的玉石透明度高、质地纯净，所以，《千字文》中才有"玉出昆冈"之说。

天齊樓

名　　称：	昆仑山
别　　称：	昆仑虚、玉山等
主要景观：	玉珠峰、玉虚峰等
地理位置：	横贯新疆、西藏，延伸至青海

昆仑山为什么不适宜游玩？

昆仑山虽然风景优美，但因其环境过于恶劣，所以并不适合人们游玩。昆仑山绝大多数地方覆盖着终年不化的冰雪，且地形复杂多变，几乎遍地都是沟壑，一不小心就会掉进深不见底的洞窟中。尤其是到了天气转暖的时候，这里还会暴发季节性洪水。

〔清〕 李世倬 《墨妙珠林（午）册图·天齐楼》

第二章

丽水篇

阳关曲① · 答李公择②

[北宋] 苏轼

济南春好雪初晴。才到龙山③马足轻。
使君莫忘霅（zhà）溪④女，还作阳关肠断声。

注释

①阳关曲：词牌名。
②李公择：李常，字公择，时任齐州（今济南）知州。
③龙山：济南龙山镇。
④霅溪：水名，今浙江湖州境内。

译文

　　济南的春色正好，雪后刚刚放晴。刚刚走到龙山镇，顿觉马蹄轻盈。
　　大人您千万不要忘记霅溪畔的女子，她还唱着令人悲痛的伤别之歌。

　　霅溪为浙江省湖州市境内的一条河流。同发源于天目山的东、西苕溪分流至湖州市区后汇合成水流湍急、霅然有声的溪流，霅溪因而得名。由此可见，"霅"是形容水流激越、清脆的声音。霅溪一路向北流淌，流入太湖。历史上，霅溪也颇受文人喜爱。唐代时，不仅张志和写有"愿为浮家泛宅，往来苕霅间"的诗句，诗人张籍也写有《霅溪西亭晚望》一诗传世；北宋时，张先写有"天外吴门清霅路"之句，梅尧臣也写有"共爱霅溪风物美"的千古佳句。

[元] 王蒙 《花溪渔隐图》

名　　称：霅溪
别　　称：霅川、霅水
地理位置：浙江省湖州市

霅溪边的霅溪馆

　　在湖州市，有一处临水的古代宅院名为霅溪馆。在历史上，谢安、颜真卿、杜牧、苏轼等众多名士都曾与它结下不解之缘。霅溪馆始建于南朝时期，后为东晋谢安故宅。唐代湖州刺史韦明杨将其改名为开政馆，之后颜真卿将其改名为霅溪馆。

名　　称：太湖
别　　称：震泽、笠泽等
地理位置：江苏省南部

太湖与"鱼米之乡"

　　太湖是中国第三大淡水湖，面积为 2420 平方千米。它水质清澈，湖岸土壤肥沃，既是当地重要的农作地带，也是全国著名的淡水鱼产地。自古以来，太湖的沿湖地区就有"鱼米之乡"的美誉。

［明］　沈周　《两江名胜图册·太湖》

太湖 我梦扁舟浮震泽

归朝欢·和苏坚伯固

[北宋]苏轼

我梦扁舟浮震泽①。雪浪②摇空千顷白③。觉来④满眼是庐山,倚天无数开青壁。

注释

①震泽:太湖古称。
②雪浪:雪白的浪花。
③千顷:形容一望无际。
④觉来:醒来后。

译文

我曾梦见与你一起乘着小船漂浮在太湖之上,一望无际的雪白的浪花翻涌着。

梦醒之后满眼都是庐山,无数座高耸的峰峦连成了一面青色的墙。

太湖与鄱阳湖、洞庭湖、洪泽湖、巢湖并称我国"五大淡水湖"。太湖河口众多,其主要进出河流达50多条。太湖中有岛屿48个,以洞庭西山最大。太湖气候湿润、温和,物产丰饶,除有名贵的太湖珍珠、太湖蟹,还有各种鱼类,其中以"太湖三白(白鱼、白虾、银鱼)"最为著名。

西湖

记取西湖西畔

八声甘州① · 寄参寥子②

[北宋]苏轼

记取西湖西畔，正暮山好处③，空翠烟霏。
算诗人相得，如我与君稀④。

注释

①八声甘州：词牌名，又名《潇潇雨》《甘州》。
②参寥子：僧人道潜。
③好处：最美的时候。
④稀：稀微。此处指友情珍贵。

译文

　　记得西湖的西岸，傍晚的山是最美的，草木青翠，云烟弥漫。
　　算起来，在相处得很好的诗人中，有我与您这样的友谊也是弥足珍贵的。

　　杭州西湖山水秀丽，美景中外驰名。碧波荡漾的西湖湖面被白堤、苏堤、杨公堤与孤山分隔。西湖包括外西湖、里西湖、后西湖、小南湖与岳湖五大水面，其中外西湖面积最大。孤山是西湖中最大的天然岛屿，湖心亭、阮公墩、小瀛洲三座人工小岛于外西湖湖心"三足鼎立"。夕阳西下，雷峰塔与保俶塔隔湖相映，形成独一无二的"一山二塔，三岛三堤，五湖"的基本格局。西湖周围，层峦叠翠，连绵起伏的群山自西向东迤逦蜿蜒，环绕在湖面的南、西、北三面。西湖风景绮丽，是国家级风景名胜区。

［清］ 董邦达 《西湖十景图卷》（局部）

瘦西湖和西湖有什么关系？

"瘦西湖"一词最早见于清代文学家吴绮的《扬州鼓吹词序》："城北一水通平山堂，名瘦西湖，本名保障湖。"不过，瘦西湖并不是因为比西湖面积小而得名的，二者其实没有关系。它们之所以都是"西湖"，是因为瘦西湖位于扬州的西北面，而西湖位于杭州的西面。

名　　称：西湖
别　　称：钱塘湖
地理位置：浙江省杭州市

[清] 徐扬 《乾隆南巡图第四卷·阅视黄淮河工》（局部）

什么是"黄河夺淮"？

淮河原本有自己的入海口。直到 1194 年至 1855 年，在数次侵夺淮河流域后，黄河最终侵占其入海的河道，使淮河流域的水系发生了重大变化。失去了自己的入海口后，淮河开始泛滥成灾，给两岸的百姓带去了深重的苦难。

名　　称：淮河
别　　称：淮水
地理位置：中国中东部

虞美人·波声拍枕长淮晓

[北宋] 苏轼

波声拍枕长淮①晓,隙月②窥人小。
无情汴水③自东流,只载一船离恨、向西州。

①长淮:淮河。
②隙月:从船篷缝隙中投进的月光。
③汴水:古河名。

  淮水的波浪声在枕畔拍响,不知不觉又天亮了。从船篷的缝隙中看到的残月那么小。

  无情的汴水随故人向东流去,我却满载一船的离别之愁,独自漂向西州。

  淮河,古称淮水。传说3000多年前,这一片河边经常成群结队地栖息着一种叫"淮"的短尾鸟,淮水因而得名。现在,发源于河南南阳市桐柏山老鸦叉的淮河被列为我国"七大江河"之一。历史上的淮水"个性鲜明",它独流入海,因此,与长江、黄河、济水并称"四渎"。它向东流经河南、安徽、江苏三个大省,最后于三江营入长江,全长约1000千米。早在商代的甲骨文与西周的钟鼎文中,就有"淮"字出现。淮河地处我国南北气候的过渡带,古人将它视作南北方的自然分界线。

辋川

《辋川图》上看春暮

青玉案·和贺方回韵送伯固①归吴中故居

[北宋] 苏轼

《辋川图》②上看春暮。常记高人右丞③句。作个归期天已许。春衫犹是,小蛮④针线,曾湿西湖雨。

①伯固:指苏轼族人苏坚。
②《辋川图》:王维隐居辋川别墅,曾绘《辋川图》。此指作者有归隐之意。
③右丞:指王维。
④小蛮:白居易侍妾名。这里借指苏轼的爱妾朝云。

　　吴中暮春的景色就像当年王维所画的《辋川图》一样美丽,这让我常常想起王右丞的诗句,他诗中的山水志趣跟你的多么相近。
　　我若定个还乡的日期,天公一定应许,因为朝云缝制的春衫已被西湖的烟雨打湿,这正是天公替她洒落的思念之泪。

　　辋川位于陕西蓝田县之南。此处群山起伏,古木遮天蔽日,幽深的峡谷中飞瀑流泉,奇花异果不胜枚举。登临高山俯视,辋谷水水流潺湲,诸水汇合如车辋环凑,辋川因而得名。历史上,辋川为重要的交通要道,是"秦楚之要冲,三辅之屏障"。不仅如此,它还是文人墨客心驰神往的游览胜地。"辋川烟雨"更是以如诗如画、如梦似幻的景致成为"蓝田八景"之冠。最初,辋川是初唐诗人宋之问的别业,后来被王维购得。晚年的王维醉心山水,他根据辋川山形水势建成竹里馆、鹿柴寨等20处景观。在他的布置下,辋川山谷成为著名的园林胜地。在此,王维还首创了水墨山水画——《辋川图》,他也因此有"画界南宗鼻祖"之美誉。

《辋川图》不止一幅

除了王维，历史上还有很多名家画过《辋川图》，如郭忠恕、仇英、王蒙、赵孟頫、金学坚等。虽然王维的原作已经遗失，但郭忠恕的《辋川图》被认为是其摹本，我们可以在这幅画中窥探原作的些许风貌。

［清］ 王原祁 《辋川图》（局部）

名　　称：辋川
别　　名：辋谷水
地理位置：陕西省西安市蓝田县

[明] 仇英 《钱塘胜景图》

名　　称：钱塘江
别　　称：折江、罗刹江
发 源 地：北源新安江、
　　　　　　南源马金溪

钱塘江大潮形成的原因

　　每年农历八月十八，太阳、月亮、地球几乎处于同一直线上，这天海水受到的引潮力最大。而且钱塘江口状似喇叭形，所以潮水进去后很难再退出来。同时，钱塘江水下的大量沉沙对潮水起到了阻挡和摩擦作用，导致潮水前坡变陡，速度减缓，被迫形成了后浪叠前浪的态势。此外，我国沿海地带常有东南风，风向与潮水方向大体一致，也会助长潮水的势头。

八声甘州·寄参寥子①

[北宋]苏轼

有情风、万里卷潮来,无情送潮归。
问钱塘江上,西兴浦口,几度斜晖②。

①参寥子:僧人道潜。
②斜晖:夕阳余晖。

  清风有情时从万里之外卷着浪潮扑来,无情时又送浪潮归去。
  请问在钱塘江上的西兴渡口,我们共赏过多少次夕阳余晖?

钱塘江 有情风、万里卷潮来

  钱塘江是浙江省最大的河流。早在古籍《山海经》中,就有关于"钱塘江"的文字记载。杭州古称钱塘,钱塘江就因流经钱塘而得名。在钱塘江流域,良渚文化是新石器时代晚期的一种文化,是人类早期文化遗址之一。自古以来,钱塘江两岸便以众多的名胜古迹享誉中外,辽阔的钱塘江流域也因此有"黄金旅游带"的美名,每年农历八月十八的钱塘江大潮更是被推崇为"天下第一潮"。每当海潮来临,波涛排山倒海,声如雷霆之音,北宋诗人苏轼因此写下"八月十八潮,壮观天下无"的千古绝句。

潇水 为谁流下潇湘去

踏莎行①·郴州旅舍

[北宋] 秦观

驿寄梅花，鱼传尺素②。砌成此恨无重数。郴江幸自③绕郴山，为谁流下潇湘④去。

注释

①踏莎行：词牌名。
②尺素：书信。
③幸自：本来是。
④潇湘：潇水与湘水的合称。

译文

驿使带来梅花，鱼儿传来书信，却平添了我无数相思之苦。郴江本来绕着郴山流淌，是为了谁才流到潇水和湘水去的？

潇水是湘江上游的主要支流，发源于湖南省永州市蓝山县野狗岭之南。北魏郦道元在《水经注》中有"潇者，水清深也"的记载，潇水由此得名。潇水水系宛如树枝状，流域面积达1.2万多平方千米。潇水是永州的"母亲河"，水流清澈，两岸树木葱郁。这里依托潇水，建造了日月湖、永明河等国家湿地公园。

［明］ 张复 《潇湘八景册》（局部）

名　　称：潇水
别　　称：湘江东源
主要支流：愚溪河、宁远河等
地理位置：湖南省永州市

湖南为什么被称为潇湘？

潇湘是湘江与潇水的并称，湘江是横贯湖南的一条大河，而潇水是湘江上游的一级大支流，两者在湖南南部汇合。在唐代中期，潇湘已被诗人们衍化为地域名称，并在诗歌中被反复传诵。近代以来，潇湘逐渐成为湖南的代称。

043

[明] 谢时臣 《巫峡云涛图》

名　　称：巫峡
别　　称：大峡
主要景观：神女峰、秋风亭等
地理位置：西起重庆市巫山县，
　　　　　东至湖北省巴东县

关于"巫山云雨"的典故

　　楚国文人宋玉在《高唐赋》里记载，楚怀王来到巫山游玩，睡觉时梦到了一位美丽的女子，她自称是巫山神女，早上会变成云彩，晚上则会变成细雨，并向楚怀王表达爱慕之情。梦醒之后，楚怀王因再也找不到自己的心上人，而感到十分悲痛。于是，他便为巫山神女在此地修建了神女庙。

醉蓬莱·对朝云叆叇

[北宋] 黄庭坚

对朝云叆叇（ài dài）①，暮雨霏微②，乱峰③相倚。巫峡高唐，锁楚宫朱翠。

注释

①叆叇：云彩厚重的样子。
②霏微：雨雾四处飘散。
③乱峰：山峰参差不齐。

译文

早晨的云彩十分厚重，傍晚雨雾四处飘散，参差不齐的山峰互相倚靠。

楚怀王与巫山神女在高唐观相会，美丽的宫女们只能在紧锁的楚宫中虚度年华。

巫峡
巫峡高唐，锁楚宫朱翠

巫峡全长约46千米，其流域内的景色幽深、俊秀，天下闻名。若行船进入巫峡，但见峡谷两边层峦叠嶂，山势连绵起伏，其中以直插江中、壁立千仞的巫山十二峰最为著名。当巫峡云雾缭绕之时，云蒸霞蔚，更为它增添了几分神秘感。巫峡水势千回百转，宛如一条景色变幻莫测的曲折画廊，时而大山挡道，时而豁然开朗。船行其上，人们时而提心吊胆，时而暗自惊叹……因此，宋代诗人曹勋才写有"巴东三峡巫峡长"的诗句。巫峡段内，古迹遗址不胜枚举，如集仙峰下的孔明碑。在集仙峰下，有一块平整光滑的白色凹形石壁，传说上面有诸葛亮的题刻，所以叫孔明碑。

秦淮河 过秦淮旷望

木兰花慢·过秦淮旷望

[北宋] 秦观

过秦淮^①旷望,迥萧洒^②、绝纤尘。
爱清景风蛩^③,吟鞭醉帽^④,时度疏林。

注释

①秦淮:秦淮河。
②萧洒:凄清的样子。
③蛩:蟋蟀的古称。
④吟鞭醉帽:指吟诗饮酒的生活情状。

译文

　　过秦淮河眺望空旷的原野,是多么凄清干净,仿佛没有一丝尘埃。
　　爱上这清幽的秋景和风中蟋蟀的鸣叫,醉心于吟诗饮酒的生活,如今,在旅途中又遇到一片稀疏的树林。

　　秦淮河为江苏省南京市最大的地区性河流。历史上的秦淮河颇负盛名,它不仅孕育了南京古老的文明,而且在灌溉、通航等诸多方面,都发挥着重要的作用。因此,它被称为南京的"母亲河"。秦淮河有南、北两处源头:南源源自南京市溧水区东庐山,北源源自句容市宝华山之南。当两源在南京市江宁区汇合,便自西向东,从南京城中蜿蜒而过,最后注入长江。南京历来繁华,夜晚的秦淮河如梦如幻。河畔的仿古建筑在霓虹灯的映衬下使河面倒映出绚丽斑斓的色彩,既现代感十足,又古朴庄重。

[清] 樊沂 《金陵五景图卷·秦淮渔唱》

有哪些文人写过秦淮河？

在古代，秦淮河沿岸遍布歌楼舞馆，河面上的画舫游船更是络绎不绝，吸引了无数文人墨客来到此地，并留下众多佳作。如我们熟知的诗人李白、杜甫、刘禹锡、杜牧、王安石、苏轼、陆游、杨万里等，还有著名的文学家吴承恩、冯梦龙、曹雪芹、汤显祖等。

名　　称：秦淮河
别　　称：龙藏浦
主要支流：汤水河、索墅河等
地理位置：江苏省南京市、句容市

[明] 戴进 《长江万里图卷》（局部）

长江三角洲可以被分为几部分？

长江三角洲是我国著名的河口三角洲之一，主要由长江带来的泥沙冲淤而成。它可以被分成三个部分：里下河平原南缘、河口沙洲区和太湖平原。

名　　称：长江
别　　称：大江、天堑等
主要支流：嘉陵江、汉江、乌江等
发 源 地：唐古拉山脉各拉丹冬峰

诉衷情·春情

［北宋］仲殊

楚江①南岸小青楼。楼前人舣舟②。
别来后庭③花晚，花上梦悠悠。

①楚江：长江。
②舣舟：指船靠岸。
③后庭：后宫。

　　长江南岸有一座小青楼，楼前有人乘船靠岸。
　　自从离别以来，后宫的花将要开尽，而花上的梦境也飘忽不定，悠远无边。

长江

楚江南岸小青楼

　　在这首词中，楚江即长江。战国时期，因长江中下游一带归楚国管辖，所以得名。长江发源于有"世界屋脊"之称的青藏高原唐古拉山脉，在世界大河排名中，以全长6300余千米位列第三，仅次于非洲尼罗河与南美洲亚马孙河。长江支流星罗棋布，流域面积广阔，其干流自西向东横贯我国，流经青海、四川、西藏、重庆、湖南、安徽、江苏、上海等省、自治区和直辖市。据不完全统计，长江水资源总量是黄河的20倍，仅次于亚马孙河与刚果河。据考证，长江流域还是早期人类最重要的生存、演化地之一。已出土的古人类化石证明，早在200多万年前，长江三峡一带就有古人类——巫山人活动的迹象。此外，在长江异彩纷呈的古文化遗址中，还有很多神秘莫测的悬棺墓群、历史悠久的摩崖石刻……

小瀛洲

涌金门外小瀛洲

诉衷情·寒食

［北宋］仲殊

涌金门^①外小瀛洲^②。寒食更风流。
红船^③满湖歌吹，花外有高楼。

注释

①涌金门：西湖地名。
②小瀛洲：西湖中的小岛。
③红船：装饰华丽的游船。

译文

　　涌金门外有一座湖中小岛，正是小瀛洲。在寒食节，这里的景色更加美丽出众。
　　湖中满是装饰华丽的游船，还传来乐声及歌声。岸上鲜花遍地，远处耸立着一座高高的画楼。

　　杭州西湖素来以美景著称于世，位于它中部的湖心岛小瀛洲又名三潭印月，更是以绰约的风姿、清幽的景色与断桥残雪、柳浪闻莺等并称"西湖十景"。据史籍记载，北宋著名文学家、书画家苏轼在疏浚西湖之后，于湖中建成瓶形石塔三座，名为三潭。为防止泥沙淤积，从苏堤到这里的水上严禁种植菱芡。明初，三塔被毁。明朝天启年间，三塔得以重建，重建后的三塔高2米左右。此时的三潭，被环形堤埂围绕，堤内有清澈的放生池，池内有小岛点缀，形成了"湖中有岛，岛中有湖"的迷人景色。最有趣的是，塔腹中空，球面体上分布有五个距离相等的圆洞，若皓月当空，塔中点燃灯光，洞口覆以薄纸，洞形便倒映在湖面上。如此一来，湖面便神奇般地出现许多真假难辨的月亮，夜景如梦似幻，因而得名"三潭印月"。

[清] 周尚文 《西湖全景图屏》

名　　称：小瀛洲
别　　称：三潭印月
始建朝代：宋代
地理位置：浙江省杭州市

"州"和"洲"有什么区别？

在日常生活中，很多人会把含义不同的"州"和"洲"弄混。在古代，"洲"指的是水中的陆地，如小瀛洲，还有"关关雎鸠，在河之洲"等；而"州"则是行政区划名，在《尚书·禹贡》这本典籍中，将中国分为九州，分别是豫州、青州、徐州、扬州、荆州、梁州、雍州、冀州、兖（yǎn）州。

第三章

古城篇

杭州 钱塘自古繁华

望海潮·东南形胜

[北宋]柳永

东南形胜，三吴^①都会，钱塘^②自古繁华。烟柳^③画桥，风帘翠幕^④，参差^⑤十万人家。

注释

①三吴：吴兴、吴郡、会稽三郡。
②钱塘：今浙江杭州。
③烟柳：如烟的柳色。
④翠幕：青绿色的帷幕。
⑤参差：高低不齐的样子。

译文

　　杭州地处我国东南方，位置好、风景佳，是三吴的都会，自古以来就十分繁华。
　　如烟般朦胧的柳色、装饰华美的桥梁、挡风的帘子、青绿色的帐幕，房屋有高有低，这里大约住着十万户人家。

　　杭州历史悠久，与北京、西安、南京、洛阳、开封、安阳并称我国"七大古都"。据记载，秦始皇统一六国后，在此设县治，名为"钱唐"。隋朝建立后，"杭州"之名首次出现。北宋时期，杭州作为东南第一州，会聚了全国各地的能工巧匠，他们各显神通，极力促进杭州发展。著名旅行家马可·波罗就曾赞叹杭州（南宋时称临安）是"世界上最美丽华贵之天城"。因风景秀丽，杭州享有"人间天堂"的美誉。此外，这里茶业、丝绸业、粮食产业发达，是历史上重要的商业集散地。杭州的名胜景点很多，无论是灯火通明的宋城景区，还是江南古刹灵隐寺，或是西湖美景，无不令人神往。

名　　称：杭州
别　　称：临安、钱塘、杭城等
市　　花：桂花
所属地区：浙江省

［元］　佚名　《仿李嵩西湖清趣图》（局部）

杭州为什么适合种植茶叶？

　　杭州是中国主要的茶叶种植区之一，这里盛产西湖龙井、径山茶、雪水云绿、千岛银珍等多种名茶。因为杭州气候温和而湿润，全年日照充足，丘陵地带分布广泛，土壤透气且呈弱酸性，所以这里很容易培育出优质的茶树。

[清] 冯宁 《仿杨大章宋院本金陵图卷》（局部）

南京地名的历史变迁

战国时期，楚国在此置金陵邑；三国时期，吴国在此建都，将其改名为建业；之后，经过朝代更迭，此地又改称建康；明朝时期，明太祖朱元璋在应天府称帝，于应天府置南京，这是南京地名之始。

名　　称：南京
别　　称：金陵、建康、石头城等
市　　花：梅花
所属地区：江苏省

相见欢·金陵①城上西楼

[南宋] 朱敦儒

金陵城上西楼,倚清秋②。万里夕阳垂地,大江流。中原乱③,簪缨散④,几时收⑤?试倩悲风吹泪,过扬州。

注释

①金陵:南京。
②倚清秋:倚楼观看清秋的景色。
③中原乱:指金人侵占中原的祸乱。
④簪缨:古代官僚贵族的冠饰,这里代指贵族。
⑤收:收复国土。

译文

　　倚靠在金陵城西边的城楼上,观赏着清秋的景色。夕阳笼罩着大地,大江奔腾而去。

　　中原战乱不休,达官贵族纷纷逃散,什么时候才能收复国土呢?请求悲风将我的眼泪吹到扬州前线去。

南京 金陵城上西楼

　　南京地处长江下游,城内有幕府山、紫金山等巍峨壮观的山脉,秦淮河、金川河等景色秀美的河流,也有莫愁湖、玄武湖如颗颗明珠镶嵌城中。此外,雨花台、夫子庙、中山陵等著名景点都位于南京市。南京是中华文明重要的发祥地之一,早在100万~120万年前,就有古人类活动。从古至今,有东吴、东晋、宋、齐、梁、陈六个朝代在此建都,所以南京有"六朝古都"之称。

开封

万国仰神京

浪淘沙·汴州[①]

[北宋] 裴湘

万国仰神京[②]。礼乐纵横。
葱葱佳气锁龙城。
日御[③]明堂天子圣，朝会簪缨[④]。

①汴州：汴京，今河南开封。
②神京：京城。
③御：皇帝驾临。
④簪缨：指文武百官。

天下各国都景仰着汴京城。这里宫廷中的礼乐声不绝于耳。远远望去，京城内的帝王之气旺盛。

每日清晨皇上驾临朝堂，威严地坐在龙椅之上，文武大臣冠冕如云，群集堂上。

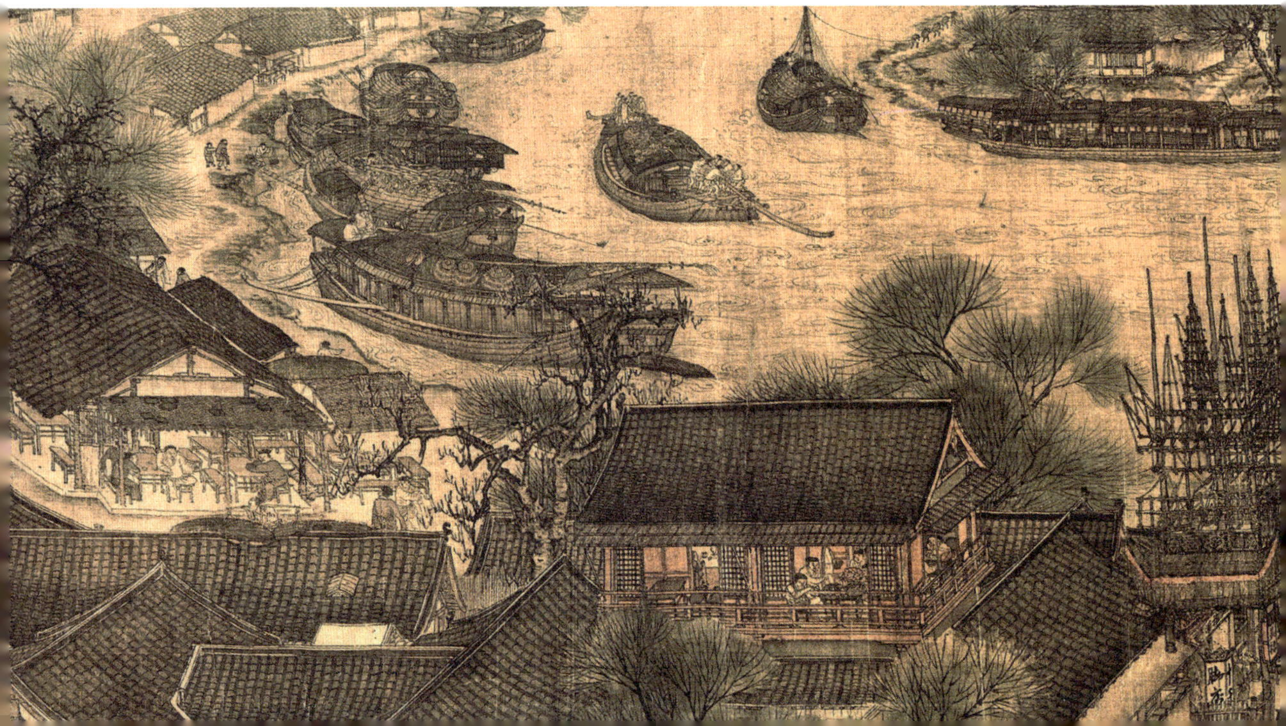

开封位于河南省中东部、黄河下游南岸,与郑州毗邻。春秋时,开封名为启封,郑庄公取"启拓封疆"之意。西汉时,启封改名为开封。开封是我国古都之一,先后有战国时的魏国,五代时的后梁、后晋、后汉、后周,北宋和金在此定都。北宋时,这里是世界第一大城市,中国十大传世名画之一的《清明上河图》描绘的就是北宋时汴京的繁华景象。宋朝时,养菊之风盛行,这里的菊花以色泽纯正、品质优良、花形美艳享誉世界。开封历史古迹众多,极具历史文化价值与旅游价值,如相国寺、铁塔、禹王台等。

《清明上河图》中的"河"指什么?

《清明上河图》描绘的是北宋时期汴京城中及郊外的景色。这里的"河"指的是当时流经汴京的汴河,古时也称丹水、汳水、获水、古汴渠等。它的前身是战国时的鸿沟,在隋唐时被开凿为京杭大运河的一部分,后在民国时被废弃填平。

名　　称:开封
别　　称:汴京、汴州、汴梁
市　　花:菊花
所属地区:河南省

[北宋] 张择端 《清明上河图》(局部)

［北宋］ 郭忠恕 《宋岳阳楼图》（局部）

名　　称：岳阳
别　　称：岳州、巴陵
市　　花：栀子花
所属地区：湖南省

岳阳的重要名片：洞庭湖

　　洞庭湖位于长江中游以南，因湖中洞庭山（今君山）而得名。它既是岳阳著名的自然景观之一，也是长江流域重要的调蓄湖泊。洞庭湖古称"云梦""九江""重湖"，有"八百里洞庭"的美誉。

临江仙·湖水连天天连水

[北宋] 滕子京

湖①水连天天连水,秋来分外澄清。
君山自是小蓬瀛②。气蒸云梦③泽,波撼岳阳城。

①湖:洞庭湖。
②蓬瀛:蓬莱、瀛洲。相传为神仙的居所。
③云梦:大泽名。

  洞庭湖的湖水和蓝天相接,在秋日里显得十分清澈、干净。
  君山就像神仙居住的地方。云梦泽水汽蒸腾,汹涌的波涛足以撼动岳阳城。

  公元前505年,岳阳建城,至今已有2500多年的历史。岳阳有得天独厚的地理位置,素有"湘北门户"之称。它西接洞庭湖,东临幕阜山,北部为大平原,依山傍水,资源丰富。这里不仅是我国的交通要塞之一,还是长江中游重要的区域中心城市。烟波浩渺的洞庭湖与令无数文人墨客为之神往的岳阳楼,共同铸就了岳阳深厚的历史文化底蕴。今天,岳阳城虽不复"气蒸云梦泽"的壮阔之景,人们却依然可以在洞庭湖畔,赏巴陵盛况。

扬州 过扬州、珠帘尽卷

蓦山溪①·春晴

[北宋] 黄庭坚

追②思年少,走马寻芳伴。
一醉几缠头③,过扬州、珠帘尽卷。

注释

①蓦山溪:词牌名。
②追:追忆。
③缠头:赠送给歌舞艺人的财物。

译文

回想我年轻时,常常骑着马去拜访美丽温柔的女子。
喝醉酒后送给歌舞艺人许多财物。路过扬州时,佳人们都将珠帘翠幕卷起来迎接我。

位于江苏中部、长江与京杭大运河交汇之处的扬州人杰地灵,历史悠久,自公元前486年吴王夫差筑邗城始,至今已经有2500多年的历史。这里自然环境优越、地理位置特殊,自古以来便以兴盛的商业著称于世,有"中国运河第一城"的美称。隋、唐时期,因财富非常集中,扬州成为当时东亚地区规模最大的金融中心。扬州日照充足,降水量丰富,风光优美,四季皆不同。正所谓"烟花三月下扬州",若想尽情领略扬州的婉约,春季去最合适了。每年春季,扬州烟雨蒙蒙,杨柳依依,琼花飞舞,景色宜人。在众多著名的景观中,扬州西北处的瘦西湖最能体现扬州之美。瘦西湖因河道弯曲细长而得名,无论是二十四桥、徐园,还是小金山等景致,都让人流连忘返。

［清］ 袁耀 《扬州四景图》

扬州的盐商文化

　　西汉时期，朝廷正式开始垄断盐业，扬州也是从那时起因盐而变得繁华起来。到了清代，清政府规定，湖南、湖北、江西、安徽四省的食盐，都要从两淮盐区运出，所以很多商人纷纷涌入扬州，扬州盐商可谓富甲一方。

名　　称：扬州
别　　称：江都、维扬、广陵等
市　　花：琼花、芍药
地理位置：江苏省中部

名　　称：滁州
别　　称：涂中、清流等
市　　花：滁菊
地理位置：安徽省东部

［明］　谢时臣　《醉翁亭记书合璧图》（局部）

滁州丰富多样的矿产资源

　　滁州不仅地质构造复杂，还有丰富的矿产资源。迄今为止，人们已经在这里发现了39种矿种，其中包括铁、钛、锰、钒、铜、钼、金、石油、石膏、方解石、硅石等，可用于化工、建筑、冶金等多种领域。

木兰花慢·滁州送范倅①

[南宋] 辛弃疾

老来情味②减,对别酒,怙③流年。
况屈指中秋,十分好月④,不照人圆。

注释

①范倅:滁州通判范昂。
②情味:情怀、趣味。
③怙:恐惧、害怕。
④好月:形容月亮圆满、美好。

译文

人老了以后,趣味少了许多,面对着送别酒,害怕时间过得太快。

何况中秋节就要到了,如此圆满美好的月亮,却偏偏不照人团圆。

滁州对别酒,怙流年

滁州位于安徽省东部,自古就有"金陵锁钥、江淮保障"之称。滁州人杰地灵,物华天宝。早在远古时期,祖先们便在这片土地上繁衍生息,从侯家寨、濮家墩等新石器时期遗址中出土的原始器具便可窥见一斑。春秋战国时期,地理位置独特的滁州更是诸侯争霸的战场,因这片地域先属吴,后属楚,因此有"吴头楚尾"的说法。北宋文学家欧阳修在滁州居住期间写下《醉翁亭记》,更是让滁州山水闻名四海。

衡阳

衡阳犹有雁传书

阮郎归·湘天风雨破寒初

[北宋]秦观

乡梦①断,旅魂孤。峥嵘②岁又除。
衡阳③犹有雁传书。郴阳和雁无。

注释

①乡梦:思乡的梦。
②峥嵘:形容岁月不平凡、不寻常。
③衡阳:湖南省衡阳市。

译文

　　从思乡的梦中醒来,感到特别孤独。岁月艰难,转眼又过去一年。
　　衡阳还可以用鸿雁传递书信。郴阳连一只鸿雁都没有,音信全无啊!

　　衡阳地处中国"五岳"之一的衡山之南,在古代,山南水北为"阳",衡阳因而得名。因为每年北雁南飞之际,成群结队的大雁都要在市区的回雁峰上收翅休憩,所以衡阳又有"雁城"的美称。衡阳城区横跨湘江,地理位置得天独厚,辖区内的铁路、公路干线纵横交错,被视作中南地区不可或缺的交通要道。衡阳为明显的盆地地形,这里四季分明,降雨充沛,生物资源非常丰富,不仅有云豹、中华秋沙鸭等国家一级保护动物,还有摇钱树等珍稀植物。衡阳的旅游资源丰富,有"南岳"衡山,"雁峰烟雨""花药春溪"等衡阳八景……

历史悠久的衡阳

　　作为一座具有 2000 多年历史的古城，衡阳不仅风景优美、气候宜人，还有丰厚的文化底蕴。这里是先蚕娘娘嫘祖的安息之地，是造纸术改进者蔡伦的出生地，也是思想家王船山学说的发源地……

［清］　佚名　《南岳全图》（局部）

名　　称：衡阳
别　　称：雁城
市　　花：月季花
地理位置：湖南省中南部

名　　称：苏州
别　　称：姑苏、平江、东吴等
市　　花：桂花
地理位置：江苏省东南部

苏州为什么又被叫作姑苏？

"姑苏城外寒山寺，夜半钟声到客船"——这里的"姑苏城"指的就是苏州。在古代，苏州也被称为姑苏，这是因为当地西南方向有一座名山——姑苏山。相传，姑苏山上曾有一座华丽而奢靡的姑苏台，但后来毁于战火之中。

［清］　徐扬　《姑苏繁华图》（局部）

苏州 信东吴绝景饶佳丽

东吴乐（尉迟杯）

［北宋］贺铸

胜游地。信东吴①绝景②饶佳丽。
平湖底，见层岚③，凉月下，闻清吹④。

注释

①东吴：苏州。
②绝景：绝美的景色。
③层岚：山岭中的雾气。
④清吹：清越的管乐声。

译文

　　苏州是优美的游览之地，这里景色超群，还有许多美丽的女子。
　　来到平湖，看见山岭中的雾气，凉凉的月色下，听到清雅的奏乐声。

　　苏州是长江三角洲极具特色的中心城市之一，有得天独厚的地理位置。它南临浙江，东接上海，北靠长江，西拥太湖。苏州境内，河港纵横交错，不仅有古色古香的园林建筑，还有婉约雅致的水乡景致，自古享有"人间天堂"的美誉。明清时，很多名人巨贾选择在繁华的苏州修建私家园林。苏州城内，园林有100多处，拙政园、网师园、沧浪亭等园林更是被列入《世界文化遗产名录》。苏州地势平坦，气候宜人，降水丰富，自然条件无比优越。自宋代开始，便有"苏常熟，天下足"的美誉。

洛阳

未便教西洛

望海潮·扬州芍药会作

［北宋］晁补之

尊贵御衣黄①。未便教西洛②，独占花王。困倚东风③，汉宫谁敢斗新妆。

注释

①御衣黄：芍药品种，因颜色如君王袍服之色而得名。
②西洛：洛阳。
③东风：春风。

译文

高贵而庄重的黄色芍药，可与洛阳牡丹比美，堪称花中之王。困倦地倚靠着春风，汉宫中有谁敢与它攀比容颜？

在古代，水的北面为"阳"，洛阳因居洛水之北而得名。洛阳地理位置特殊，自古便是兵家必争之地。它位居天下之中，西邻秦岭，北靠太行山，东接嵩岳，境内山川河网遍布，历来有"八关都邑，八面环山，五水绕洛城"之说。洛阳历史悠久，它不但有4000多年的建城史，而且是东汉、西晋、隋等王朝的都城，与西安、南京、北京并称"中国四大古都"。一直以来，古都洛阳都被视作中华文明的发祥地之一。二里头遗址、东周王城遗址等无不说明以洛阳为中心的河洛文化是中华文明不可或缺的组成部分。

[唐] 李昭道 《洛阳楼图》

洛阳、洛水与《洛神赋》

洛阳因洛水而得名，在三国时期是魏国的都城。当时，曹植在与其兄曹丕的政治斗争中落败，不仅失去了王位继承权，还多次被迫改迁封地。在前往封地的途中，郁闷的曹植写下了著名的《洛神赋》。此赋虚构了曹植与洛神的邂逅和爱情，最后通过对恋爱失败的描写，表现出曹植对理想的追求破灭了。

名　　称：洛阳
别　　称：雒阳、洛京、西亳等
市　　花：牡丹
地理位置：河南省西部

名　　　称：成都
别　　　称：蓉城、锦城、芙蓉城等
市　　　花：芙蓉
地理位置：四川省中东部

成都为什么适合熊猫栖息？

　　成都的主要地形为盆地，海拔 1000～3000 米，适宜熊猫生长，有"厚毛衣"保护的熊猫对这种清冷、潮湿的环境十分满意。此外，成都的垂直高差大，有利于竹子的生长，竹子是熊猫的主要食物来源。这就是熊猫喜欢在成都生活的原因。

［明］　吴彬　《明皇幸蜀图》（局部）

一寸金①·小石调

[北宋] 柳永

井络②天开，剑岭③云横控西夏。地胜异、锦里④风流，蚕市⑤繁华，簇簇歌台舞榭。

注释

①一寸金：词牌名。
②井络：井为星宿名，二十八宿之一。井络指井宿的区域，此处泛指蜀地。
③剑岭：亦称剑山。
④锦里：地名，代指成都。
④蚕市：古时蜀地丝织业繁荣，每年正月至三月开蚕市。

译文

处于井宿之分野的蜀地，有大小剑山，其上有云彩盘旋，地势险峻，阻挡了西夏国的入侵。成都地理位置优越独特，锦官城美丽迷人，城内蚕市正是繁荣时，到处都在演奏乐曲，表演歌舞。

成都 地胜异、锦里风流

　　成都是四川省省会，是我国西部地区十分重要的中心城市。成都是国家历史文化名城，古蜀文明发祥地，境内金沙遗址距今约3000年。三国蜀汉，五代前蜀、后蜀等政权先后在此建都，汉代时成都为全国"五都"之一。这里的望江楼、杜甫草堂、武侯祠等名胜古迹享誉世界。成都地处四川盆地西部，气候差异显著，地形地貌独特，生物种类繁多，森林资源丰富。林区内不仅有珙桐、光叶蕨等珍稀植物，也栖息着金丝猴、大熊猫等濒危动物。

西安 到日长安花似雨

渔家傲^①·送张元康省亲秦州

［北宋］苏轼

到日长安^②花似雨。故关杨柳初飞絮。渐见靴刀^③迎夹路^④。谁得似^⑤，风流^⑥膝上王文度。

注释

①渔家傲：词牌名。
②长安：今西安。
③靴刀：一种置于靴中的短刀。
④夹路：列在道路两旁。
⑤谁得似：谁能比得上。
⑥风流：传为美谈的韵事。

译文

  估计抵达目的地时，正是暮春时节，长安花落如雨。古老的关隘处，杨絮和柳絮刚开始飘飞。渐渐看见下属官员列在道路两旁迎接。谁能比得上王文度被父亲搂抱着坐在膝上这样的美事呢？

  西安是陕西省省会，位于关中平原，南靠秦岭、北依渭河，自古便有"八水绕长安"之说。西安历史悠久，历史上先后有13个王朝在此建都。1981年，西安被联合国教科文组织确定为"世界历史名城"。这里有丰富的历史遗产与人文景观，如：兵马俑、大雁塔、华清宫等。目前，汉长安城未央宫遗址、秦始皇陵及兵马俑坑等6处遗址被列入《世界文化遗产名录》。

[南宋] 佚名 《杜甫丽人行图》

西安为什么有"碳水之都"一说？

西安不仅是我国历史文化名城之一，也是我国传统饮食文化的"代言人"之一。西安传统美食不胜枚举，凉皮、肉夹馍、油泼面……这些食品主要是由面粉加工制作而成，面粉中碳水化合物含量较高。因此，西安有"碳水之都"一说。

名　　称：西安
别　　称：长安、镐京
市　　花：石榴花
所属地区：陕西省

第四章

风物篇

望湖楼

望湖楼上暗香飘

临江仙·疾愈登望湖楼赠项长官

[北宋] 苏轼

多病休文①都瘦损，不堪金带②垂腰。望湖楼上暗香③飘。和风春弄④袖，明月夜闻箫。

注释

①休文：梁朝文学家沈约，字休文。
②金带：高官服饰。
③暗香：幽幽的香气。
④弄：玩弄。此处指戏耍。

译文

多病的沈休文十分瘦弱，连金带都系不紧，垂在腰上。在望湖楼上眺望，闻到幽幽的香气。和煦的春风吹拂着衣袖，在皓月当空的晚上听见悠扬的箫声。

宏丽古朴的望湖楼依西湖而建，地处西湖宝石山下。望湖楼为吴越王钱弘俶所建，最初名为看经楼，宋代时改称望湖楼。两层木结构的望湖楼为单檐双层歇山顶，青瓦屋面，更显整个建筑庄重、典雅。现在的望湖楼为湖边茶楼，登临望湖楼，可一边欣赏美景，一边品饮香茗。眼前所见，湖中碧波荡漾，画舟点点；岸边游人如织；湖中三岛如三颗明珠般点缀在湖面上。名楼美景，美不胜收。

［清］ 王原祁《西湖十景图》（局部）

哪些诗人还写过望湖楼？

除了苏轼，很多文人墨客也偏爱望湖楼的风光，并留下了许多经典的诗篇。比如：辛弃疾写过"欲说当年，望湖楼下，水与云宽窄"，李结写过"君今望湖楼上眠，楼前已系过湖船"。

名　　称：望湖楼
别　　称：看经楼、先得楼
始建朝代：北宋
地理位置：杭州宝石山下

名　　称：岳阳楼
别　　称：巴陵城楼、鲁肃阅军楼
始建朝代：东汉
地理位置：湖南省岳阳市

岳阳楼的功能变化

　　岳阳楼兴建于三国时期，一开始被作为东吴将领鲁肃的阅军楼。自南朝宋开始，它才逐步成为风流雅士游览观光、吟诗作赋的胜地。不过，因兵祸火灾，它曾历经多次修缮重建，现在的岳阳楼沿袭了清代重建时的形制。

[清]　石涛　《山水图册·登岳阳楼》

水调歌头^①·过岳阳楼作

[南宋]张孝祥

湖海倦^②游客,江汉有归舟。
西风千里^③,送我今夜岳阳楼。

①水调歌头:词牌名。
②倦:厌倦、疲倦。
③千里:形容船速之快。

  漂泊的生活令游子感到疲倦,长江和汉水之间停着归乡的小船。
  西风吹拂千里,今夜就能把我送到岳阳楼。

  岳阳楼地处古城岳阳(古称巴陵)西门城墙之上,其前身为鲁肃阅军楼。岳阳楼紧邻洞庭湖,在岳阳楼上既可远眺君山,又可俯瞰洞庭湖。岳阳楼主楼为长方形体,为三层纯木结构,楼中有四根粗壮的楠木金柱直通楼顶。岳阳楼庄重大方,巍然壮观,屋顶形状酷似古代武士的头盔。据传,这是中原人民融合、吸收了草原民族的建筑形式而建的。历史上的岳阳楼因文人墨客多次题诗而享誉四海,但它"多灾多难"。据考证,岳阳楼重修重建了50多次。即使如此,它依然以无与伦比的风姿矗立在洞庭湖畔,成为岳阳市精神文化的象征,无愧于"天下第一楼"的美誉。

兰亭

君不见兰亭修禊事

满江红·东武会①流杯亭

[北宋] 苏轼

君不见兰亭修禊事,当时坐上②皆豪逸③。
到如今、修竹④满山阴,空陈迹。

注释

①会:聚会。
②坐上:所有参加的人。
③豪逸:豪放不羁、潇洒不俗的人。
④修竹:细长的竹子。

译文

您难道没听过兰亭修禊的故事吗?当日满座都是豪放不羁的高士。

如今,遍地都是茂密的竹林,往日陈迹无从寻觅。

兰亭是东晋"书圣"王羲之的园林住所,位于浙江省绍兴市兰渚山下。历史上,兰亭几经兴废变迁,现在的兰亭是明代迁建,清代重建,后几经扩建的。兰亭完美地融雅致的园林景色、秀美的山水风光、深厚的历史文化底蕴于一体,以"景幽、事雅、文妙、书绝"等特色享誉世界。兰亭里,面阔三间的流觞亭前流水潺潺,弯曲回旋,极具妙趣。当年,大书法家王羲之与朋友们就是在这里玩"曲水流觞"的游戏。除了流觞亭,兰亭里还有一座三角形的碑亭——鹅池碑。碑上"鹅池"两个大字,潇洒俊逸,遒劲有力,相传为王羲之父子合写。

《兰亭集序》是谁写的?

《兰亭集序》还有一个别称——《禊帖》,因为它记录了"书圣"王羲之与其友人的修禊活动。公元353年,王羲之邀友人在兰亭雅集,饮酒赋诗,并即兴写下被后人誉为"天下第一行书"的《兰亭集序》。

名　　称:兰亭
始建朝代:汉代
主要景观:鹅池、流觞亭等
地理位置:浙江省绍兴市

[清]　樊圻　《兰亭修禊图》(局部)

［明］ 文徵明 《东园图卷》（局部）

备受喜爱的白鹭洲

明正德年间，徐达的后人徐天赐扩建徐太傅园，并将其改名为东园。当时，徐天赐经常与吴承恩等文人雅士在此饮酒赋诗，留下了一段佳话。据史料记载，明武宗朱厚照南巡时，还特意到这里赏景钓鱼。

名　　称：白鹭洲
别　　称：徐太傅园、徐中山园
始建朝代：明朝
地理位置：江苏省南京市

渔家傲·千古龙蟠并虎踞

［北宋］苏轼

公驾飞车凌彩雾。红鸾①骖②乘青鸾驭③。却讶此洲名白鹭④。非吾侣。翩然欲下还飞去。

注释

①鸾：传说中凤凰一类的鸟。
②骖：指在车两侧驾驭。
③驭：指在车中驾驭。
④白鹭：白鹭洲。

译文

你驾着飞车穿越彩色的云雾，红鸾陪伴在你的两侧，青鸾拉着飞车。

你讶异于这里的沙洲竟然叫白鹭，不是适宜的栖居地，于是翩翩然未曾停歇，向别处飞去。

白鹭洲曾是明代开国功臣徐达的私家花园。徐达官至太傅，死后被追赠中山王。因此，白鹭洲在历史上又称徐太傅园、徐中山园、东园。清道光年间，东园荒废了。民国时期，重建园子，更名为白鹭洲，园名取自李白"二水中分白鹭洲"的著名诗句。现在的白鹭洲，春可赏"春水垂杨""辛夷挺秀"等胜景，夏可观荷，秋能听雨，冬可赏雪，是南京著名的风景游览地。

白鹭洲 却讶此洲名白鹭

孤山寺

孤山寺，涌金门

行香子①·丹阳寄述古②

［北宋］苏轼

携手江村，梅雪③飘裙。情何限、处处消魂④。
故人不见，旧曲重闻。
向望湖楼，孤山寺⑤，涌金门⑥。

注释

①行香子：词牌名。
②述古：杭州知州陈襄，字述古。
③梅雪：形容梅花似雪飘落。
④消魂：魂魄离散，形容极度愁苦。
⑤孤山寺：寺院名。
⑥涌金门：杭州城的正西门，又名丰豫门。

译文

　　和朋友一起到江边的村落游玩，正值梅花似雪飘飞，落在衣裙上。忧愁怎么会有尽头？每个地方都令我感到非常悲伤。

　　去年的同游之人已不在身边，如今听到旧曲，记起在望湖楼、孤山寺和涌金门游玩的情景。

　　孤山位于杭州西湖的外湖与里湖之间，孤傲独立，与其他山都不相连，因而得名孤山。孤山寺于南朝陈文帝天嘉元年（560年）修建，初名永福寺。唐朝时，被称为孤山寺。唐武宗时，孤山寺遭到焚毁。宋真宗时，僧人方简在孤山寺遗址上重建寺观，名为广化寺。此外，他还复建了佛骨塔、竹阁、凌云阁等建筑。元朝末年，孤山寺再次被毁。明朝刘基将其重建，后因年久倒塌。明崇祯年间，水部陈调元对其重建，后被清朝太平军焚毁。清光绪年间，丁申、丁丙兄弟重建竹阁、柏堂等建筑。遗憾的是，孤山寺的大梁被白蚁蛀空，于1957年被拆除。

［清］ 董邦达 《西湖十景图卷》（局部）

孤山寺的遗址有哪些？

孤山寺有1400多年的历史，它是西湖沿岸有文字可考的最古老的寺庙，不过它现存的建筑很少，主要是竹阁和柏堂。竹阁因其周边多种植竹子而得名，柏堂则因孤山寺中原有的两株柏树而得名。唐代诗人白居易尤爱孤山寺，曾写下《宿竹阁》《孤山寺遇雨》等诗篇。

名　　称：孤山寺
别　　称：永福寺、广化寺
始建朝代：南朝
地理位置：浙江省杭州市

［明］ 仇英 《人物故事册·贵妃晓妆》

"安史之乱"与华清宫

唐玄宗天宝十四年（755年），安禄山与史思明发动了叛乱。这场旷日持久的战争使得唐朝人口大量减少，国力迅速衰退，成为唐朝由盛而衰的重要转折点。自此以后，不论是唐朝的皇帝，还是后来历朝的皇帝，都很少再到华清宫游玩、沐浴。

名　　称：华清宫
别　　称：华清池、骊山宫、绣岭宫
始建朝代：唐朝
地理位置：陕西省西安市

华清引·感旧

[宋]苏轼

平时十月幸①兰汤②。玉甃（zhòu）③琼梁。
五家④车马如水，珠玑⑤满路旁。

注释

①幸：帝王到达。
②兰汤：指骊山华清池。
③玉甃：玉石砌成的井壁。
④五家：指杨贵妃的亲眷。
⑤珠玑：珍贵的珠宝、美玉。

译文

　　每年十月帝王都会驾临华清池，那里有玉石砌成的井壁和华美的屋梁。
　　杨氏五家的车马往来不绝，道路两旁都是珍贵的珠宝、美玉。

华清宫 平时十月幸兰汤

　　华清宫为古代封建帝王游幸的别宫，与颐和园、圆明园、承德避暑山庄并称我国"四大皇家园林"。华清宫倚骊山山势而建，所以又名骊山宫。自其建成之后，唐玄宗每年十月都要到华清宫游幸，如此便有了"十月一日天子来，青绳御路无尘埃"的诗句。在华清宫里，"莲花汤"是唐玄宗沐浴的地方，东西长10.6米，南北宽6米，深1.5米；"海棠汤"是杨贵妃沐浴的地方，东西长3.6米，南北宽2.9米，深1.26米；"太子汤"东西长5米，南北宽2.7米，深1.2米。随着"安史之乱"爆发，华清宫被逐渐冷落。

金谷园

金谷俊游,铜驼巷陌

望海潮·洛阳怀古

[北宋]秦观

梅英^①疏淡^②,冰澌溶泄,东风暗换年华。
金谷^③俊游^④,铜驼巷陌,新晴细履平沙。

①梅英:梅花。
②疏淡:数量少,颜色渐淡。
③金谷:金谷园。
④俊游:快意地游玩。

梅花渐渐稀疏,颜色浅淡,冰雪正在消融,春风悄悄带来了新的一年。

想起昔年在金谷园快意地游玩,行走在繁华的铜驼街,天放晴时穿着精致的鞋子漫步在雨后平沙。

金谷园位于洛阳城东北的金谷洞内,原为西晋富豪石崇的别墅。为了与另一豪强王恺比富,石崇不惜花费巨资,随地势高低修建规模宏大的建筑群,即金谷园。当工程结束,参差错落的各建筑之间,溪流潺潺,名花异草随处可见。更令人瞠目结舌的是,石崇还专程派人前往南海群岛,用珍贵的绫罗绸缎、金银铜器等换回玛瑙、珍珠、象牙、犀角等难得一见的宝物。有了这些宝物的装饰,整座金谷园美轮美奂。每年柳丝袅袅、桃花竞艳之时,金谷园楼阁亭树交辉掩映,更显精致绝伦。"金谷春晴"与龙门山色、马寺钟声等并称"洛阳八景"。后来,石崇以谋反的罪名被杀,繁盛一时的金谷园逐渐荒废,如今只剩遗址,令人唏嘘。

[明] 仇英 《金谷园图》

名　　称：金谷园
别　　称：梓泽
始建朝代：西晋
地理位置：河南省洛阳市

不知民间疾苦的石崇

　　西晋仅存在五十多年，是中国历史上短暂的大一统王朝。在结束三国鼎立的分裂局面后，西晋的政治日益腐败，以至于民不聊生、饿殍遍野。石崇在金谷园中整日过着纸醉金迷的生活，经常在园中设宴豪饮，甚至在厕所里都放着名贵的香料。

名　　称：未央宫
别　　称：西宫、紫微宫
始建朝代：西汉
地理位置：陕西省西安市

富丽堂皇的汉家宫阙

　　未央宫、长乐宫和建章宫是西汉皇家宫殿群，被称为"汉家宫阙"或"汉代三宫"。虽然未央宫的规模比长乐宫的稍小，但它是中国历史上存在和使用时间最长的宫殿之一，存世近千年。

[南宋] 赵伯驹 《故宫图册·未央宫》

调笑令①·王昭君

[北宋]秦观

玉容寂寞花无主,顾影偷弹玉箸②。
未央宫③殿知何处,目送征鸿④南去。

注释

①调笑令:词牌名,又名《三台令》等。
②玉箸:此处指眼泪。
③未央宫:西汉宫殿名。
④征鸿:远飞的大雁。

译文

美人孤单,花也无人照管,回头看看自己的影子,悄悄地抹去眼泪。
在哪里能找到未央宫呢?目送大雁向南飞得越来越远。

未央宫 未央宫殿知何处

建于汉高祖七年(前200年)的未央宫是古代建筑规模最为宏大的宫殿群之一,它不仅是西汉正宫,更以无与伦比的威严气势成为汉朝的政令中心。未央宫四周都有围墙,总体布局呈长方形。它与长乐宫分列于长安城安门大街东西两侧,因未央宫位于大街西侧,所以有"西宫"之称。此外,未央宫也称紫宫或紫微宫,意为"人间帝王之宫城"。未央宫的主体建筑为前殿,雄踞全宫正中心;前殿北侧为皇后居住之地,被称为椒房殿。此外,未央宫还建有天禄阁,被视为我国最早的国家图书馆。未央宫存世一千多年,是我国历史上存在时间最长的皇宫。

函谷关

开函关,掩函关

将进酒·城下路

[北宋] 贺铸

黄埃①赤日长安道,倦客②无浆马无草。
开函关③,掩函关,千古如何,不见一人闲?

注释

①黄埃:黄色的灰尘。
②倦客:疲惫的游子。
③函关:函谷关。

译文

通往长安的大道上,黄尘滚滚,烈日炎炎,疲惫的游子没有水喝,马吃不到草料。

函谷关打开又紧闭,千百年来,怎么没见到一个人能闲暇无事?

位于河南省灵宝市的函谷关紧邻黄河,是我国历史上最早设置的雄关要塞之一。战国时期,秦惠文王夺取崤函之地后于此设关。因关在深谷之中,险峻如函,所以得名。在古代,易守难攻的函谷关为东抵洛阳、西达长安的交通要塞,历来为兵家必争之地。这里还是我国古代思想家、哲学家老子著述《道德经》的地方,是道家文化的发祥地。函谷关原关楼早已不复存在,现在所见的关楼坐西向东,为1992年重新修建的仿古建筑。关楼为双门双楼悬山顶式三层建筑,因楼顶各装饰一只丹凤,因此又名丹凤楼。

在函谷关诞生的《道德经》

相传，随着周朝的衰败，失望的老子打算出关隐居。当他来到函谷关时，被函谷关令尹喜拦住。因为尹喜看出老子是个世外高人，便以礼待之，并请他著书，以惠后世。于是，老子在此地写下《道德经》。

名　　称：	函谷关
主要景观：	太初宫、望气台等
始建朝代：	战国
地理位置：	河南省灵宝市

［清］　佚名　《老子老君图（一）册·出函谷关》

[清] 董邦达 《灞桥觅句图》

名　　称：灞桥
别　　称：断肠桥、销魂桥等
始建朝代：春秋
地理位置：陕西省西安市

写满离愁的灞桥

　　灞桥是我国历史上最古老的一座桥。宋代著作《雍录》中提到："此地最为长安冲要，凡自西东两方而入出崤、潼两关者，路必由之。"唐朝时，凡送别亲朋东去，一般都要送到灞桥，并折下桥头柳枝相赠。后来"折柳送别"便成了一种习俗。

连理枝^①·绣幌^②闲眠晓

［北宋］贺铸

枕上无情，斜风横雨，落花多少。
想灞桥^③、春色老于人，恁江南梦杳。

①连理枝：词牌名。
②绣幌：绣花的帷幔。
③灞桥：桥梁名。

在床上感叹风雨不留情，风吹雨打中，有多少花儿飘零？
想起灞桥上的春色比人先衰老，让我寻不到梦中的江南。

> 灞桥
> 想灞桥、春色老于人

灞桥位于陕西省西安市灞河水道之上，与河北赵州桥、北京卢沟桥等并称"中国古代十大名桥"。历史上灞桥地理位置很重要，为西安东去的交通要道。灞桥建造历史可追溯到春秋时期。当时，称霸西戎的秦穆公将滋水改称灞水，并于水上建桥，灞桥因而得名。历代文人雅士都喜欢以灞桥入诗。据统计，《全唐诗》中提及灞桥的诗篇就有100多首。历史上，灞桥经过多次重修。现在的灞桥为钢筋混凝土板桥，坚固无比，桥梁牌楼两侧雕刻着一对石羊，安详地卧于桥头之下。

金明池

梦想西池辇路边

减字浣溪沙·梦想西池辇路边

[北宋] 贺铸

梦想西池①辇路②边。玉鞍骄马小辎轩③。
春风十里斗婵娟。

注 释

①西池：金明池。
②辇路：天子车驾常经之路。
③辎轩：有障蔽的车，多为女子所乘。

译 文

梦见在金明池那条天子车驾常经的路上，能见到华美的马鞍、健壮的骏马，以及有障蔽的车。
在无限的春光中，美女如云，争艳比美。

　　金明池是北宋时闻名遐迩的皇家园林，令人叹为观止的是，园林中建筑均为水上建筑，池中还可供大船穿梭往来。早在五代后周时期，周世宗为讨伐地处水乡的南唐，便在开封外城西面开凿一处人工湖，以演练水战。宋太宗时，因金水河河水注入其中，宋太宗便赐名"金明池"。宋徽宗时，朝廷斥巨资在金明池内修建殿宇楼阁，遍植名花异草，金明池逐渐成为布局严谨、风景优美的皇家园林。当时，无论是皇帝出游或是检阅水军，金明池都发挥着难以替代的作用。著名画家张择端所绘的《金明池争标图》就很好地展现了北宋水军演练的情形。后来，金人入侵，规模宏伟的金明池在战争中被毁。明代时，金明池因黄河泥沙淤积，已不复存在。

［北宋］ 张择端 《金明池争标图》

金明池的功能转变

北宋初期，随着国家逐渐安定，曾经被用于操练水师的金明池逐渐成为供皇家玩乐的大型园林。随着金明池的功能发生转变，一些军事训练项目也成为游戏和表演，如：水战、百戏、竞渡、水傀儡、水秋千、龙舟夺标赛等。据说，每年春天，朝廷都会在这里举行盛大的活动。

名　　称：金明池
别　　称：西池、教池
始建朝代：五代
地理位置：河南省开封市

名　　称：乌衣巷
主要景观：乌衣巷井、王谢古居
地理位置：江苏省南京市

［清］　樊沂　《金陵五景图卷·乌衣夕照》

乌衣巷是什么时候没落的？

　　作为王、谢两大家族的居住地，乌衣巷在东晋时分外繁华。东晋灭亡后，王、谢家族逐渐失去权势。南朝时期，两大家族在政治上的作为不大，影响力逐渐减弱。侯景之乱后，王、谢家族更是遭到了严重的打击，加速了衰亡。唐朝时，尽管仍有王家后人出任宰相，但士族门庭逐渐衰落，乌衣巷也不复当年光景，沦为废墟。直至中唐时期，诗人刘禹锡游访此地，乌衣巷已不见王谢旧居。南宋时，人们在王谢故居上重建"来燕堂"，成为士子、游人瞻仰和游览的胜地。

台城游① · 南国本潇洒

[北宋]贺铸

访乌衣②，成白社③，不容车。
旧时王谢④，堂前双燕过谁家？

注释

①台城游：词牌名，即《水调歌头》。
②乌衣：乌衣巷。
③白社：洛阳地名。此处指贫民区。
④王谢：指晋代王导、谢安两大家族。

译文

走访乌衣巷，昔日的朱门重院，如今却成为荆扉柴屋。当年的长街市巷，今日却狭窄到连车都过不去了。

往日在王、谢两家的堂上做巢的那对燕子，现在不知道飞向谁家了。

乌衣巷 访乌衣，成白社

位于江苏省南京市秦淮河畔的乌衣巷是我国非常著名的一道古巷。乌衣巷最初为三国时期东吴军队的营房所在地，因此又称乌衣营。东晋时，王、谢两大家族居住于此，其子弟为显示身份高贵，都喜欢穿乌衣，巷子得名乌衣巷。东晋时的乌衣巷人来人往，门庭若市，不仅有辅佐创立东晋王朝的王导、"一代名相"谢安，也走出了"书圣"王羲之、山水诗派的鼻祖谢灵运……从刘禹锡"旧时王谢堂前燕"的诗句可知，唐朝时的乌衣巷已沦为废墟。现在的乌衣巷为1997年重建，王谢古居古朴、庄重、典雅，陈列的六朝时期的文物将乌衣巷的历史一一重现。

第五章

风俗篇

冬至 万般祥瑞朝来奏

点绛唇·至日①春云

[南宋]朱敦儒

至日春云,万般祥瑞②朝来奏③。
太平④时候。乐事家家有。

注释

①至日:冬至。
②祥瑞:吉祥的征兆。
③奏:呈现。
④太平:社会安宁和平。

译文

冬至出现春天的云,各种各样的吉祥之兆在早晨浮现。
安宁和平的时候,家家户户都有欢乐的事情。

  这首词为我们描述了冬至这天人们拜贺聚会的场景。冬至是我国二十四节气之一,是地球赤道以北地区白昼最短、黑夜最长的一天。冬至被视为冬季的大节日,在古代有"冬至大如年"的说法。冬至习俗因地域不同存在着差异。在宋朝,冬至习俗繁多,重要的习俗有添线、献鞋袜、换新衣、聚会拜贺等。当时,即使是生活贫困的人,也会在冬至这天换新衣,以与节气相应。

[清] 金廷标 《长至添线轴》

名　　称：冬至
时　　间：公历 12 月 21—23 日交节
别　　称：亚岁、冬节等
风　　俗：吃饺子、换新衣、宴饮、祭祀等

冬至前后的繁忙农事

　　冬至这天，北半球会迎来全年最短的白天及最长的夜晚。很多人认为，从这个节气开始就是冬天了。随着冬至的临近，全国各地的农民也会变得格外忙碌，因为他们需要抢抓农时，应对即将进一步走低的气温，防止在田中过冬的农作物被冻死。

名　　称：白露
时　　间：公历 9 月 7—9 日交节
风　　俗：收清露、斗蟋蟀、饮白露茶等

白露之后天气会发生什么变化？

　　白露是反映自然界寒气增长的一种节气。所谓"一场秋雨一场凉，一场白露一场霜"。一年中，在这一天过去后，中午虽然还比较暖和，但早晚的气温会下降得厉害，天气明显转凉。同时，因为空气湿润，昼夜温差变大，人们在清晨经常能见到草木上凝结着晶莹的露水，白露也因此得名。

[南宋]　佚名　《赤壁图册页》

渔家傲·八月微凉生枕簟

[北宋]欧阳修

八月微凉生枕簟①,金盘②露洗秋光淡。
池上月华开宝鉴③,波潋滟,故人千里应凭槛。

注释

①簟:用作垫物的竹席或苇席。
②金盘:指金盘承露的典故。
③宝鉴:镜子的美称。

译文

八月白露时节,枕头和席子都变得有些凉,金盘中的露水将秋光洗得明净、清淡。

月光将池塘的水面打磨成镜子,池中水波荡漾,千里之外的老朋友应该正靠着栏杆欣赏美景。

白露是秋季第三个节气。白露一到,天气逐渐转凉,昼夜温差明显,有"白露秋分夜,一夜凉一夜"之说。所以,讲究的古人一到白露时节便格外注意保暖。宋代,在白露时节,大家争先恐后斗蟋蟀,称为"秋兴"。一开始,斗蟋蟀这一活动只在王公贵族间流行,慢慢地,坊间百姓也乐此不疲。斗蟋蟀时,观众聚精会神,参赛者斗志昂扬,场面热闹非凡。用精美的盘子"收清露"是白露时节最有仪式感的习俗。古人认为在此时节收集的露水有延年益寿、消烦止渴、美容养颜等多种功效,宫廷、民间争相采集。

白露 八月微凉生枕簟

斗茶 龙焙头纲春早

西江月·茶

[北宋]黄庭坚

龙焙①头纲②春早,谷帘③第一泉香。
已醺浮蚁④嫩鹅黄⑤。想见翻成雪浪⑥。

注释

①龙焙:茶叶名。
②头纲:指惊蛰前或清明前制成的首批贡茶。
③谷帘:指庐山康王谷内的谷帘泉。
④浮蚁:指茶汤表面的细沫。
⑤嫩鹅黄:指淡黄的茶色。
⑥雪浪:指鲜白的茶水。

译文

早春时节,龙焙茶的首批贡茶最为醇美,谷帘泉泉水最为清澈、甘美。

用这二者沏成的茶水,茶香四溢,色泽淡黄。将茶汤注入杯中,其表面浮起一层细沫,犹如雪浪翻滚。

  宋代茶文化空前繁荣,无论是采茶、制茶,还是分茶、点茶,无不体现出人们对茶的喜爱。当时,上至天子,下至百姓,都将饮茶当作雅事。很多与茶有关的习俗都源于宋代,如斗茶。斗茶由唐代贡茶制度发展而来。唐代时,经过评选胜出的茶才能进入皇宫,因此各地茶商要进行激烈竞争,胜出的茶则为贡茶,竞争过程称为斗茶。宋代时,极富挑战性与趣味性的斗茶之风更甚。斗茶时,可多人一起斗,也可两人斗,三斗两胜。参赛者将自己的好茶经咬盏、看汤花、茶百戏等环节比拼后,由大家品评,看谁的茶叶更好,茶艺更胜一筹。其中,茶百戏清水幻变的独特技艺更是兼具中国画的意境美,有"水丹青"之誉。

宋代的"四艺"

宋代,因为商品经济和文化艺术都高度发达,人们的审美水平也有了很大的飞跃。当时,点茶、挂画、焚香、插花被合称为"文人四艺"或"四事",广泛流行于宋代文人之间。

［清］ 佚名 《柳荫斗茶图》

名　　称:斗茶
时　　间:不限
别　　称:斗茗、茗战
风　　俗:三斗两胜

［明］ 陈洪绶 《升庵簪花图》

名　　称：簪花
时　　间：节日、宴饮、登科及第等
别　　称：戴花、簪戴、插花

受到江南百姓喜爱的荠菜花

在宋代风俗画《踏歌图》中，领头的老者在自己的冠帽上别了一朵白色小花，有学者认为这朵花画的是荠菜花。荠菜是人们经常食用的蔬菜之一。明代文人田汝成在《西湖游览志》中提到"三春戴荠花，桃李羞繁华"，说的就是江南百姓会在春天戴荠菜花的事。

鹧鸪天·座中有眉山隐客史应之和前韵即席答之

[北宋]黄庭坚

黄菊枝头生晓寒。人生莫放①酒杯干。风前横笛②斜吹雨,醉里簪花③倒著冠④。

①放:舍弃。
②横笛:吹笛。
③簪花:将花插在头上。
④倒著冠:倒戴着帽子。

  天亮之际,黄菊的枝头显露出阵阵寒意。人生短暂,应当及时行乐,可别舍弃杯中美酒,定要将它喝干。

  在斜风细雨中吹笛取乐,喝醉了就在发上簪花、倒戴帽子。

  宋代时,无论是宫廷权贵还是平民百姓,都喜爱簪花。南宋时,甚至还出现了专门生产和制作簪花的行业——面花儿行。簪花十分讲究,随季节不同,人们所簪的花儿也要应时应景。因此,宋代花卉品种繁多,鲜花种植业极其发达。那时,男子簪花成风,在祭祀宴饮、郊游赴会、登科及第等场合都要簪花。宋代男子簪花的风尚至明、清时逐渐衰落,清代时依然有状元簪花的风俗。

斗蟋蟀 携向华堂戏斗

满庭芳·促织①儿

[南宋]张镃

任满身花影,犹自追寻①。
携向华堂②戏斗,亭台③小、笼巧妆金。
今休说④,从渠床下,凉夜伴孤吟。

①促织:蟋蟀。
②华堂:精美的厅堂。
③亭台:指盛蟋蟀的笼子。
④休说:别说。

任凭花影落了满身,仍在不停地追寻蟋蟀的踪迹。

将逮到的蟋蟀带到精美的厅堂中参加争斗,装着蟋蟀的小笼子被装饰成金色。

如今就不要再提往事了,从床下传来蟋蟀的鸣叫,伴着我在寒冷的秋夜中独自悲吟。

在宋代的秋天,斗蟋蟀是一项不可或缺的民俗娱乐活动。斗蟋蟀始于唐代,盛行于宋代。南宋晚期,权相贾似道不仅建有供自己斗蟋蟀的"半闲堂",甚至还对蟋蟀的种类、习性、斗法等进行总结,著有《促织经》一书。因此,他也被人戏称为"蟋蟀宰相"。到了明代,权臣贵族鲜有人不玩蟋蟀的,即使贵为帝王,也乐此不疲。明宣帝对这项娱乐活动情有独钟,更是公开下旨,将蟋蟀定为进贡品。

[北宋] 苏汉臣 《秋庭戏婴图轴》

关于蟋蟀的一些冷知识

名　　称：斗蟋蟀
别　　称：秋兴、斗蛐蛐、斗促织等
时　　间：从白露到寒露

蟋蟀是一种古老的昆虫，至少已有1.4亿年的历史。蟋蟀用翅膀发声，其鸣声不同的音调、频率能表达不同的含义。蟋蟀是农业害虫，对农作物幼苗的损害尤其严重。

名　　称：放风筝
别　　称：放纸鸢、放鹞子等
时　　间：清明节前后最盛

曾在军事中大显神威的风筝

　　最早，风筝并不是一种用于娱乐的玩具，而是具备测量、通信等军事功能的工具。早在南北朝时期，因被叛军围困，梁武帝萧衍就曾试图通过放风筝向外求援。唐代，一位名叫张丕的将领，在叛军的重重包围之下，也曾借助风筝把求救信顺利送到了援兵那里，并最终顺利脱险。

不详　佚名　《升平乐事图册·蝙蝠风筝》

临江仙·未遇行藏谁肯信

[北宋]侯蒙

未遇①行藏谁肯信,如今方表名踪。无端②良匠画形容③。当风④轻借力,一举入高空。

注释

①未遇:没有得到赏识和重用。
②无端:没有缘由、无缘无故。
③形容:形体和容貌。
④当风:正对着风。

译文

因为一直没有得到赏识和重用,过着隐居的生活,哪里会有人信服呢?如今才显露名声和踪迹。既然画工没有缘由地将我画在了风筝上,那我正好借着风力,一下子飞上高高的天空。

放风筝 当风轻借力

宋代时,很多文人喜欢用风筝来表达自己的远大志向,如这首词的作者侯蒙。宋代文人寇准也有"清风如可托,终共白云飞"的诗句。春秋末期,墨翟耗时三年用木头制成木鸟,这是风筝的起源。东汉造纸术改进后,才出现纸风筝(纸鸢)。不过,这时候的风筝只用于特定时期的特定用途。风筝作为玩具真正得到普及是在宋代。宋代时,放风筝成为很多人喜欢的一种户外活动,甚至还衍生出竞技活动。

历史悠久的元宵节

  作为中国重要的传统节日之一，元宵节早在 2000 多年前的西汉时期就出现了。在历史上，元宵节又被称为上元节，这是因为每年农历正月十五是迎接新年第一轮满月的日子。关于元宵节吃元宵的最早记载见于宋代，当时的元宵也被称为"浮圆子""圆子""乳糖元子""糖元"等。

不详　佚名　《升平乐事图册·魁星》

名　　称：元宵节
时　　间：农历正月十五
别　　称：上元节、灯节
风　　俗：观灯、吃元宵、猜灯谜等

生查子·元夕

[北宋]欧阳修

去年元夜①时,花市②灯如昼③。
月上柳梢头,人约黄昏后。

注释

①元夜:元宵节之夜。
②花市:民间每年元宵节时卖花、赏花的集市。
③昼:白天。

译文

去年元宵节时,花市的灯火将黑夜照得如同白昼。
月亮爬上了柳树的梢头,我与心上人相约在黄昏之后。

元宵节 花市灯如昼

　　这首词一开篇,便用简练的文笔写出宋代元宵节时,闹夜、观灯、逛花市等习俗。在元宵节晚上,民间素有赏花灯、吃元宵、猜灯谜、放烟花等一系列传统民俗活动,以祈求新的一年平安、顺遂。元宵节赏花灯相传起源于汉代,兴盛于唐宋。宋代时,灯会规模宏大,所以才有"花市灯如昼"之说。

寒食节

麦饭纸钱,只鸡斗酒

沁园春·寒食郓州①道中

[南宋] 谢枋得

叹雨濡露润,还思宰柏②,风柔日媚,羞看飞花。麦饭纸钱,只鸡斗酒③,几④误林间噪喜鸦。

注释

①郓州:北宋州名,今山东东平。
②宰柏:坟墓上的柏树。
③只鸡斗酒:均指祭品。
④几:多次、屡次。

译文

在下雨的天气里,感叹雨露沾湿了衣服,思念着坟墓上的柏树;在风和日丽的时候,又羞于看到飞花。

寒食节到了,自己却不能为祖先供奉麦饭、纸钱、鸡和酒,让林间叽叽喳喳的喜鹊和乌鸦也空等了。

寒食节从古代至今,已有两千多年的历史。因寒食节期间,严禁明烟明火,只吃冷食,又称禁烟节。后来,寒食节又增加了祭扫、蹴鞠、秋千、踏青等习俗。寒食节的食品包括寒食粥、寒食面、寒食浆、青精饭和饧等。因为和清明节相距很近,后世逐渐把这两个节日合并在一起度过。

寒食节的由来

相传,春秋时期,晋公子重耳夺位成功后,他身边的功臣介子推便带着母亲归隐山林了。为了请介子推出山辅佐自己,重耳听信随从的建议,派人放火烧山。然而,介子推宁死不受禄,最终抱树焚死。重耳感念忠臣之志,遂下令在介子推死难之日全国禁火,以寄哀思,这就是寒食节的由来。

[明] 杜堇 《仕女卷》(局部)

名　　称:寒食节
时　　间:清明节前一二日
别　　称:禁烟节、冷节等
风　　俗:祭扫、蹴鞠等

端午节的由来

  相传,战国时期,楚国诗人屈原在农历五月初五这天投江殉国后,百姓们都感到十分悲痛。于是,渔夫一边划船寻找他的踪迹,一边往汨罗江中扔米团,希望鱼虾吃饱后不要伤害他的遗体。后来,为了纪念屈原,民间逐渐形成了在农历五月初五过端午节的习俗。

［清］ 徐扬 《端阳故事图册·裹角黍》

名 称:端午节
时 间:农历五月初五
别 称:五月节、龙舟节
风 俗:挂艾草、赛龙舟、吃粽子等

浣溪沙·端午

[北宋]苏轼

轻汗微微透碧纨①，明朝端午浴芳兰②。流香涨腻满晴川。
彩线③轻缠红玉臂，小符斜挂绿云鬟④。佳人相见一千年。

①碧纨：绿色的薄丝绸。
②芳兰：芳香的兰花。此处指浴兰汤的风俗。
③彩线：五颜六色的丝线。
④云鬟：女子发髻。

　　薄汗微微地湿透了绿色的薄绸，在明天的端午节一定要用香兰水洗澡。掉落的香粉胭脂流入河中，布满晴天里的河面。

　　将五彩线轻轻地缠在如玉的手臂上，将小小的符箓斜挂在发髻上。祈求能与自己的心上人长长久久。

　　这首词表明，宋代的端午节便有浴兰汤、佩戴百索等习俗。在宋代，商人从五月一日至端午前一日，售卖桃、柳、葵花、蒲叶等。到了端午节这天，家家都会把端午节品摆在门口，用粽子、五色水团、茶酒供奉神明，祈求平安。人们还把艾草挂在门上，朋友之间会相邀共进宴席。

七夕节

运巧思、穿针楼上女

二郎神① · 炎光谢

[北宋] 柳永

运巧思②、穿针楼上女,抬粉面、云鬟相亚。
钿合③金钗私语④处,算谁在、回廊影下。
愿天上人间,占得欢娱,年年今夜。

注释

①二郎神:原唐代教坊曲名,后用作词牌名。
②巧思:指女子在彩楼上乞巧。
③钿合:镶嵌金、银、玉、贝的首饰盒子。
④私语:小声说话。

译文

闺楼上的少女们在月光下穿针引线,乞求织女赐给自己一双巧手。她们抬起美丽的脸庞,云鬟低垂。

是谁在回廊的月影下,交换首饰盒子和金钗作为信物,窃窃私语呢?

希望天上和人间年年都能如今夜这般,充满了欢乐。

农历七月初七的七夕节,又称乞巧节、女儿节、七夕祭等,是中国传统节日。七夕节有许多传统习俗,其中最具有代表性的是乞巧。在七夕节这天傍晚,年轻女子们会聚集在庭院中进行"对月穿针""蛛丝卜巧"等活动,展示自己的手工技能,向织女乞求智慧、技能与姻缘等。此外,人们还会在这一天吃巧果、储七夕水、晒书晒衣等。

［清］ 陈枚 《月曼清游图册·桐荫乞巧》（局部）

七夕节并不是古代"情人节"

七夕节并不是古代"情人节"，它是为女性特别设立的节日。在古代，女子常被要求学习女红，也就是纺织、刺绣、缝纫等。在这个节日里，女性可以借此机会拜仙乞巧，并展示自己的女红技能，互相切磋学习。同时，未婚女子可以穿上漂亮的衣服，和姐妹们聚会，因此七夕节也被称为"女儿节"。所以，古代七夕节的主题是"乞巧"和"祈福"。

名　　称：七夕节
时　　间：农历七月初七
别　　称：乞巧节、女儿节等
风　　俗：储七夕水、对月穿针等

名　　称：秋社
时　　间：立秋后第五个戊日
别　　称：丰收节
风　　俗：祭祀、饮社酒等

什么是"社稷"？

在古代，人们经常用"社稷"一词指代国家。其中，"社"的本义是指滋生万物的土神，"稷"则是指看护庄稼生长的谷神。土地和庄稼是人们生活的基本条件，是古代中国的立国之本。人们设立社日节、谷神节来祭祀二神，祈祷来年风调雨顺、五谷丰登。

［清］　焦秉贞　《御制耕织图·祭神》

渔家傲·八月秋高风历乱

［北宋］欧阳修

社近①愁看归去燕，江天空阔云容漫。
宋玉②当时情不浅，成幽怨，
乡关千里危肠断③。

①社近：指秋社临近。
②宋玉：战国时著名的辞赋家。此处泛指所有漂泊的人。
③危肠断：形容极其悲伤。

秋社的日子越来越近，我忧愁地看着南飞的燕子，江上的青天空旷辽阔，云彩自由自在地飘浮。

漂泊的人啊，在这个时候多了情绪，生出郁结于心的怨恨。

故乡远在千里之外，令人感到非常悲伤。

秋社

社近愁看归去燕

在古人眼中，"土"生万物，因此最受大家供奉的神灵便是土地神。历史上，祭祀土地神的地方被称为"社"，每到播种、丰收的季节，百姓们都要立社祭祀，以求风调雨顺或酬谢土地神。宋代的秋社堪称"万民狂欢节"，秋社一到，无论是贵族还是寻常百姓，大家都会祭祀土地神、吃社饭、饮社酒、吃社糕。传说，在秋社这天饮社酒不仅能清心明目，还能让听力更好，因此，功效颇多的社酒是非喝不可，以致出现"家家扶得醉人归"的场面。

什么是潮汐现象?

潮汐现象是海水在天体(主要是月球和太阳)引潮力作用下所产生的周期性运动。因为月球、太阳和地球都在一刻不停地运动着,所以引潮力也在发生周期性变化。迄今为止,海洋潮汐仍是人类能够预报得最为准确的一种自然现象。

[南宋] 李嵩 《月夜看潮图》

- **名　　称:** 观潮节
- **时　　间:** 农历八月十八
- **别　　称:** 潮神节
- **风　　俗:** 观潮、祭潮神、看古戏等

酹江月·观潮应制[①]

［南宋］吴琚

此景[②]天下应无，东南形胜，伟观真奇绝[③]。
好是吴儿飞彩帜[④]，蹴起一江秋雪。

注释

①应制：指奉皇帝之命而作。
②此景：钱塘江大潮。
③奇绝：世间罕有。
④彩帜：色彩艳丽的旗帜。

译文

　　天下再没有这样的景色。这里位于东南地区，地形卓异雄奇，景色之壮观为世间罕有。
　　更奇绝的是吴地男儿挥舞着手中的彩旗，弄潮时踢起了一江飞沫，如同在秋天落下了雪花。

观潮节 蹴起一江秋雪

　　观潮始于汉魏。自南宋将农历八月十八定为潮神生日后，每年这天，都会在钱塘江上检阅水师，为看客进行"弄潮"表演，钱塘江两岸人山人海，非常热闹。相传，春秋时期吴国打败越国后，吴国内奸太宰嚭（pǐ）在吴王夫差的面前多次说伍子胥的坏话，吴王忠奸不分，将伍子胥赐死后，还将他的尸体扔进了钱塘江。百姓们对一心为民的伍子胥十分同情，便传说钱塘江澎湃的涌潮是伍子胥死后发怒而形成。直到现在，浙江一带祭祀潮神、看古戏的风俗依然存在。

重阳节 菊蕊金初破

洞仙歌① · 卖花担上

［南宋］戴复古

卖花担上，菊蕊②金初破③。说着重阳怎虚过。看画城簇簇④，酒肆歌楼，奈没个巧处，安排着我。

注释

①洞仙歌：原唐代教坊曲，后用为词牌名。
②菊蕊：菊花花蕊。
③初破：指菊花刚刚盛开。
④簇簇：整齐的样子。

译文

在卖花人的担子上，黄菊刚刚盛开。怎么能虚度重阳节呢？

看这繁华的大街，高楼整齐地排列着，到处都是酒店歌楼，怎奈没有一个合适的地方，能容下我啊！

在古代，重阳节有登高、佩戴茱萸、吃重阳糕等多种习俗。宋代，重阳节与菊花的关系非常密切。北宋时期，都城汴梁（今河南开封）有朝廷派专人负责培育菊花的苗圃，民间也会在重阳节前后举办菊花花市，甚至还有专门的菊花比赛。重阳节前后的汴梁，简直就是菊花的海洋，不论是王公贵族，还是寻常百姓，都会在院中栽植各种菊花。宋代人对重阳节很重视，即使在远游途中，也不忘买来菊花或菊花酒，以慰乡愁。

［清］ 佚名 《十二月月令图·九月》（局部）

关于重阳节的演化

重阳节起源于秦代以前，但那时它还未演化成一个固定节日。三国时期，许多王公贵族开始在重阳这天宴乐饮酒。大概在魏晋时期，民间开始流行在重阳赏菊。到了唐代，重阳节被正式确立为一个节日，并被越来越多的人重视。明代，在重阳节这一天，皇帝还会亲自到万岁山登高。

名　称：重阳节
时　间：农历九月初九
别　称：茱萸节、登高节等
风　俗：登高、赏菊、插茱萸等

"诗词里的博物课"科普书系列

打破传统诗词赏析的局限，开启文学认知新视角！

本系列科普书以独特的"博物"视角为切入点，将经典诗词作为探索中华优秀传统文化的窗口，依托严谨有趣的博物科普知识与精美的古代名画，生动展现诗词中的草木鸟兽、山川河流、百态风物，解码其中的自然生态与古人生活智慧，让孩子在诗意的熏陶中，轻松习得丰富的博物知识，直观感受中华优秀传统文化的深厚魅力，开启一场穿越千年的文化发现之旅！